「レミージョの呪いにかかると、
どんな奴だって話すことが全てポエミーになる。
そう、まるで吟遊詩人がごとく、
詩を紡ぎ始めてしまうんだ」

「永遠を誓って　私の愛を　注ぎ続けよう
翳ることのない私の庭に　一輪の菫の花」
そう詠ったレナートが
握っていた私の手に軽くキスをした。
彼の瞳の中に、菫色の瞳をした私がいる。

逃がした魚は大きかったが釣りあげた魚が大きすぎた件 4

ももよ万葉
Illustration：三登いつき

The fish I missed was big,
but I caught another fish was too big.

マリーア・ディ・ルビーニ（愛称ミミ）

ムーロ王国の武道の名家アンノヴァッツィ公爵家五女。思ったことがすぐに口に出てしまう。ドタバタとした騒動を経て、無事、王太子レナートと結婚。

レナート・ディ・ルビーニ

ルビーニ王国王太子。絵に描いたような完璧な王子だが、実はどんくさく、なぜかやたらと力持ち。マリーアを溺愛している。

プラチド・ディ・ルビーニ

ルビーニ王国第二王子。いつもニコニコと微笑んでいる朗らかな性格。子供の頃からの想い人、アイーダと結婚できた。マリーアのすべてが笑いのツボ。

アイーダ・ディ・ルビーニ

ルビーニ王国アメーティス公爵家長女。国一番の淑女と言われるほどの美しい令嬢。遠縁のマリーアとは子供の頃からの仲良し。

ガブリエーレ・モランド

近衛騎士。レナートの側近兼護衛。ぶっきらぼうな口調で乱暴。ミミに「全身真っ赤でウザい」と言われている。

ライモンド・チガータ

ルビーニ王国チガータ侯爵家長男。常にレナートを一番に考える優秀な側近。気配を感じさせずにマリーアの背後に立つことのできる数少ない一人。

STORY

結婚式を半年後に控えたある日。
マリーアはレナートとともに隣国の記念式典に招かれていた。
しかし街へ繰り出した時、レナートが攫われてしまう!
救出に向かうマリーアだったが、そこにいたのは見知らぬ男性で!?

その後教会が燃えたり、
可愛い弟がイレネオに感化されチャラくなったり、
マリーアの初恋相手疑惑でレナートが隠密活動をしたり!??

いろんなことがありつつ、
無事結婚式を挙げたマリーアたちだったが……!?

The fish I missed was big,
but I caught another fish was too big.

CONTENTS

逃がした魚は大きかったが
釣りあげた魚が大きすぎた件 4

「あら、レナート。早いのね」

「母上こそ。隣に座っても？」

口元を扇で隠したルビーニ王国王妃は、息子であるレナートを横目でちらりと一瞥《いちべつ》し、鷹揚に頷いた。日陰の芝生には不釣り合いな豪奢で大きなベンチ。彼女が勝手に設置した特製のものである。レナートは中央に座る王妃から少し距離を置いて、その端にゆっくりと腰掛けた。長い足を組むと、ひじ掛けに右腕を置いて軽く頬杖をつく。

ひんやりとしたさわやかな風が青々と茂った木々の葉を揺らし、朝露をこぼした。

親子らしく顔も雰囲気もよく似た二人は眉間にしわを寄せ、まっすぐに一点を見つめている。特に会話もなく、ただただ静謐《せいひつ》な時間が続いていた。

ぴーるるる。

鳥の鳴く声にレナートが空を見上げた瞬間、わああ、と大きな歓声が上がった。

「キャー――ッ！　さすがだわ！　ミミちゃん！」

立ち上がった王妃が勢いよく拍手する。すぐに姿を消した鳥のせいで、決定的瞬間を見逃したレナートは目を丸くした後、しばし茫然とした。

「レナート、見た？　今の！　ミミちゃんたら、あの大きな騎士たちを連続で三人も投げ飛ばしたわよ！　瞬きの間だったわ」

「……ええ……さすが私のミミだ」

そう返事をしたものの、本当は見逃した。レナートは心の中で密かに歯噛みする。とんでもなく大きなため息もついた。何なら両手で顔を覆って蹲《うずくま》りたいくらいだ。

しかし、次期国王となることが決定している彼は、眉間のしわを深くして目を細めただけだった。気配を消しているとはいえ、護衛も侍従も侍女もそこかしこに控えているのだ。いたずらに感情をあらわにはしない。幼いころから受けていた王太子教育の賜物であった。

レナートと王妃は、王城に仕える騎士団の朝練を見学していた。

忙しい二人は毎日見学できるわけではない。だからこそ、こうして瞬きするのも惜しむようにして真剣に運動場を見つめているのだ。

まるで新しく自分の護衛騎士を選ぶかのような鋭い視線で、レナートは新妻の姿を目だけで追った。

マリーアは未だ実家の紺色の制服をまとい、右へ左へと足を止めることなく走り回る。高い位置で結わえたライトゴールドの長い髪がまだ昇りきらない朝日にキラキラと輝いていた。

右後方から滑り込んで来た騎士の足払いをひらりとかわしたついでに、マリーアはそのまま上げた足で前方に迫る騎士の腕にまわし蹴りを放った。騎士が持っていた剣が高い音を立てて地面に落ちる。練習用の刃をつぶした剣とはいえ、頑丈で重さもある。

あんなものでミミを殴ろうとするとは。

冷気を放つレナートの視線を感じ、剣を落とした騎士がぶるりと肩を震わせた。

少しだけ落ち着きを取り戻した王妃が、表情を元に戻してベンチに腰を下ろした。すぐさま音もなく侍女がサイドテーブルに冷たいミント水を置いてゆく。品のある所作でグラスを持ち上げた王妃はごくごくとそれを一気飲みした。グラスになみなみとお代わりが注がれる。

しかし、王妃はそれに手を伸ばすことはなかった。

「ムーロ王国からやって来た女性騎士たちもすっかり騎士団に馴染んでいるようね。ルビーニ王国出身の女性騎士が生まれるのもそう遠くないわ。楽しみだこと」

マリーアの実家であるムーロ王国アンノヴァッツィ公爵家は古くから続く武道の名家である。公爵家は常に数百人を超える弟子を育て、国内の治安維持を担っている。ルビーニ王国王太子レナートと公爵家五女マリーアの婚約をきっかけに、両国での騎士と弟子たちの交換留学が盛んとなった。ルビーニ王国の騎士たちは公爵家で剣を使わない接近戦を学び、ムーロ王国の弟子たちは大国で集団で要人を護衛する連携方法を学んでゆく。中には留学先の国を気に入り、そのまま移住する者までいた。

ルビーニ王国の騎士団にも、ムーロ王国出身の騎士が増えた。中でも、女性の弟子は王妃が強く望んで呼び寄せた。こちらへ来てから剣を習ったのだが、皆、筋が良く、即戦力となった。姿勢よく颯爽と街を闊歩《かっぽ》する女性騎士の姿に、少女たちは憧れた。小耳に挟んだところ、女性からの騎士養成学校への問い合わせが増えているのだそうだ。

いつかは女性騎士団を作り、その総帥となるのが王妃の密かな夢である。もちろん、団長は義娘となったマリーアである。

一方、レナートは横に座る母をちらりと見やった。声には出していないが、扇で隠した口元は不敵に笑っている。大方、マリーアのことで頭がいっぱいなのだろう。

なぜだ。やっと自分だけのものになったというのに、結婚して以来マリーアが多忙で一緒にいる時間がどんどん減ってしまった。主に結婚式の参加のお礼という名目で、彼女はあちこちのお茶会に招待されるがまま参加しているようだ。次期公爵として育てられたマリーアは、物怖じすることなく年上の貴族とも対等に会話することができる。田舎出身の粗野な令嬢として侮っていた者たちを魅了し、どんどん自分の味方につけていく。喜ばしいことだし、誇らしいことでもあるが、やっぱりどうにも腑に落ちない。

たいていのことは思う通りになるはずの王太子であるのに、ままならないことばかりだ。

どうにかしてミミを独り占めする術はないものか。

レナートのそんな子供じみた願望などには全く気付く様子もなく、マリーアはまた騎士の丸太のような腕を摑《つか》むと軽々と投げ飛ばし、大きな口を開けて笑っていた。

「ああ、本当にミミちゃんの投げ技は清々しいわね」

「ええ、全くです。まさに胸がすく、とはこういうことかと」

「それで、レナート」

「何でしょう、母上」

「あの件はうまく行きそうなの？」

「いえ、ライモンドを始めほとんどの者たちが反対していまして」

「まったく、何のための王太子なのかしら」

「王太子だからこそ、通せないこともあるのです」

「まあ。じゃあ、あなた、まさか諦めるつもりなの」

「いえ」

王妃がパチン、と勢いよく扇を閉じ、こちらを睨《にら》む。それに怯《ひる》むことなく、レナートは片方の口の端を上げた。

「必ずや素晴らしい贈り物を用意してみせますよ。ご安心を、母上」

凛《りん》とした表情を崩すことなく、レナートの言葉をしっかりと聞き留めた王妃は、ゆっくりと一度頷くと、立ち上がった。

「期待していますよ、レナート」

王妃はそう言い、しずしずと去って行った。レナートは足を組みかえると、思案するように目を閉じた。

＊＊＊＊＊

私とアイーダは並んで鏡の前に立っていた。

侍女の一人が私の腕を持ち上げる。もう一人の侍女が腰の大きなリボンを整える。腕を下ろすと、今度は肩回りの調整が入る。私はスカートを軽く持ち上げ、足さばきの具合を確認した。

アイーダはハーフアップにした髪に着ける髪飾りを選んでいる。事前にいくつか候補を挙げておいて、こうして当日の気分で決めるのがいつものアイーダの支度の仕方だ。どれもプラチドからプレゼントされたもので、彼女によく似合っている。

「ねえ、ミミ。何だか元気がないように見えるけれど、何かあったの？」

髪飾りを選んだアイーダが鏡越しにこちらを見ながらそう尋ねた。輝く小さな星を集めて作ったようなリボン状の髪飾りが、彼女の金髪と共にしゃらしゃらと音を立てて揺れている。着けていた大きなイヤリングは外され、髪飾りに合わせてロングタイプのものに替えられた。

私は眉を下げて大きく頷く。

「もー、何とかしてよ。アイーダ」

「あら、本当に困っていたのね。めずらしい。どうしたの、ミミ」

「レナートと王妃様ったら、私の誕生日を祝日にしようと画策しているのよ」

「あら、まあ……」

「二人を何とかして、お願い。アイーダ」

顔の前で両手を合わせてお願いしたけれど、すぐに侍女に腕を取られて前を向かされてしまった。

それでもアイーダは顎に手を置き眉を寄せて考えてくれている。

「ええと……とりあえず、あのお二人は国を挙げてミミの誕生日を祝いたいということね。何とか考えてみるわ」

「さすがアイーダ！　頼りになるわ！」

侍女が最後の仕上げに、ぎゅっ、と力を込めて私のいつもの髪飾りを髪に挿した。私はスカートを広げてくるりと回る。

「これで完璧ね！　ありがとう、皆！」

一生懸命私の支度をしてくれた侍女たちが、満面の笑みを浮かべて額の汗をぬぐった。

迎えに来た護衛騎士に案内され、私とアイーダは王城の広間へと向かった。

今夜はとある高位貴族が開催した夜会に招待されているのだ。とても手間がかかるけれど、きちんと申請を上げれば王城の広間は誰にでも貸し出してもらえる。ルビーニ王室はその点とても開けている。昔は高位貴族にしか貸出ししなかったそうだ。

それを、今の国王陛下が変えたのだ。

とても穏やかで優しい陛下。怒っているところなんて見たことない。でも、王城に勤める官吏や使用人はとても礼儀正しいし、各部署も不正なんてする様子もない。レナートとライモンドがきっちりと精査しているのだから間違いない。

レナートは陛下のその公正な部分を受け継いでいる。堅すぎる、と言われることも多いけれど、全員に平等にするためには仕方がないのだ。身近にいる側近たちは、ちゃんとそれが分かっている者ばかり。

分からない人たちのフォローは、私がするから大丈夫。だって、それが、つっ、妻である私の役目だから。そう思ったら、ボンッ、と顔から火が出た。

「つ？　わ？　ごめんなさい、よく聞こえなかったわ。何て言ったの？　ミミ」

アイーダが可愛らしく首を傾《かし》げて尋ねる。私はあわてて両手を振った。

「わー！　ツキノワグマかと思ったら、ティートだったわ！　って言ったのよ」

恥ずかしすぎる心の声を聞かれてしまった私は、背後にいるティートを指さした。

「ルビーニ王国には熊はいないっスよ、お嬢様」

ティートは王太子妃となった私の専属護衛だ。気心の知れる者が近くにいたほうがいいだろう、と、レナートがムーロ王国から我が家の弟子を呼び寄せてくれたのだ。ティートは黒髪に海のような濃い青色の瞳をしていて、もちろん我が家の弟子らしくやたらと体格がいい。特注の制服は、ルビーニ王国騎士団で未だかつてない最大サイズだったらしい。八歳年上の彼とは、子供の頃から切磋琢磨してきた仲だ。

「おい、ティート。お嬢様ではない、妃殿下だ」

落ち着いた声でそう言ったのは、もう一人の専属護衛スザンナだ。あごのラインで切りそろえた麦わら色の髪に青葉のような緑色の瞳をした彼女もまた、我が家の弟子の一人だ。ちょっとたれ目

ぎみで引き締まった体軀《たいく》を持つセクシーな彼女は、ちょっと慇懃《いんぎん》すぎる態度と苛烈な性格が特徴的だ。すぐに調子に乗っちゃう私のお目付け役として、父が送り込んで来たのだ。

「そして、ルビーニ王国にだって熊くらいいる。王都には出ないが、森の奥深くへ行けばいるだろう」

「そっか。ムーロ王国だって王都には出ないもんな」

「そうだ。さあ、妃殿下。熊はおろか、猫一匹だってここにはおりません。安心してご入場ください」

スザンナが広間の扉に手をかけた。ついて来た侍女たちがドレスや化粧を直し、最終チェックを済ませる。

大きな扉がゆっくりと開かれ、私とアイーダは並んで入場した。今回はレナートもプラチドも参加しない。いわゆる、貴族たちが新しい王子妃を見定める夜会なのだ。とは言え、開催しているのはアイーダの実家のアメーティス公爵家と懇意にしている侯爵家だ。招待されているのは、私たちに好意的な貴族がほとんどで、雰囲気はとても和やかだ。ただ、壁際ではロザリア率いるピノッティ侯爵家の方々が、私たちのファッションチェックをしている。違った意味で、一瞬たりとも気が抜けない。

「マリーア妃殿下、アイーダ妃殿下。ご機嫌麗しゅう。本日もおキレイでございますわね」

ふわりと甘い花の蜜のような香りが鼻先をくすぐり、振り向くとそこには美しい令嬢たちが並んで立っていた。彼女たちの色とりどりのドレスは誰のものとも色が被ってはいない。もちろん、私とアイーダともだ。

彼女たちはこういった情報をどこで得ているのだろう。もしかして、王城にスパイでもいるのだろうか。いいや、そんなはずはない。この国の王城の警備は鉄壁だ。ということは、彼女たちは独自の情報網を持っているに違いない。こんなにも可憐で清楚なのに、なんて賢くてしたたかなのだろう。

「私も皆さんを見習って素敵なレディになりたいわ！　どうか私と仲良くしてちょうだい！」

「ミミ、何を考えたのかは知らないけど、落ち着きましょう」

鼻息荒く振り上げた私の拳を、アイーダがそっと下ろす。

「わたくしたちもマリーア妃殿下と仲良くなりたいですわ」

目を見開いて驚いていた令嬢たちは、すぐに淑やかな笑みを浮かべてそう言ってくれた。

「マリーア様のドレスにいつも付いている腰のリボンが最近の流行ですのよ。ほら、わたくしも」

そう言って、その令嬢が可愛らしくキュッと腰を捻《ひね》った。大胆に背中の空いた部分に光沢のあるリボンを編み込み、その端は腰の部分で形よくリボン結びになっている。私の腰のリボンは、暴走しそうになった私を引き止めるためのものなので、とても頑丈にできている。ガブリエーレにはリードなどと呼ばれているくらいだ。自分のものとは全然違う可愛さに、私は思わず、わあ、と声を上げた。

「可愛らしさにセクシーさが融合されていて、大人っぽいデザインだわ！　とっても似合っているわ。素敵ね！」

私がそう叫ぶと、令嬢が嬉しそうに両手で頬を押さえた。

「おーほっほっほ、そうでしょう。そのドレスは私が監修を手掛けたドレスですわよ」

聞き慣れた高笑いが聞こえ、登場したのはロザリアだ。取り巻きの令嬢たちを引きつれ、今日も巻きに巻いている縦ロールの髪が輝いている。さっと割れた人込みをゆっくりと歩いてきたロザリアは、腕を組んで私を上から下まで眺めた。

「田舎臭さがずいぶんとマシになっているようですわね。だって、私がアドバイスしたんですもの、当然ですわ。ねえ、そう思いませんこと？　皆さん」

「ええ、本当ですわ。ロザリア様」

「ロザリア様のお見立ては間違いありませんわ」

後ろに並ぶ取り巻きたちがこれ見よがしに相槌を打つ。びっくりしていた令嬢たちも、私が笑っているのを見て安心したようだ。

「わたくしもロザリア様にお見立ていただきたいわ」

「私も」

「私もお願いします」

ロザリアがあっという間に令嬢たちに囲まれた。あまり背の高くないロザリアの姿が見えなくなってしまった。

「ロザリア様の人気が急上昇してるわ」

「そ、そうね……」

アイーダと顔を見合わせて苦笑いしていたら、残っていた令嬢たちがおそるおそる私に声をかけてきた。

「マリーア妃殿下、私はその健康的な美貌の秘訣を教えていただきたいです」

「健康的な、び、美貌？　えっ、私のこと？　えっ、えっ、えっ、本当に私に言ってる？　アイーダじゃなくて？」

「はい、マリーア妃殿下です。溌溂《はつらつ》としていて姿勢が良くて……私たち憧れているのです」

そう言って、可愛らしく緩く髪を編み込んだ令嬢がほほ笑んだ。アイーダが優しく目を細める。

これは、教えてあげなさい、の目配せだわ。

「姿勢がいいのは、体幹がしっかりしているからよ！　良かったら一緒に鍛錬《たいそう》しない？　毎朝王城でやってるから、いつでも参加していいわよ」

「本当ですか、妃殿下。是非ご一緒させてください」

「妃殿下自ら美のご指導をいただけるだなんて」

「ま、待って。ミミの言う、たいそう、は皆さんの思っているものじゃ……」

アイーダがあわてて止めに入ったものの、たくさんの令嬢が私の元に押しかけてしまい、その声は届くことはなかった。

「おいおい、このままじゃ令嬢たちが皆ムキムキになってしまうぞ。いいのか、スザンナ？　放っておいて」

「構わない。妃殿下の鍛錬についてこられる令嬢などいるわけがない。どうせ三日ももたないさ」

「それもそうだな。何より面白そうだし。まあ、いっか」

少し離れたところで、ティートとスザンナが何やら小声で会話をしていた。

皆と朝練の約束をした後、私とアイーダは会場をゆっくりとまわり、他の貴族たちに挨拶をした。会話とおいしい食事を楽しんでいたら、会場の奥から女性たちの騒ぎ声が聞こえてくる。どうやら揉め事のようだ。

「あっ、ミミ」

「ちょっと行ってくるわね」

軽く手をあげてアイーダに声をかけ、私は女性たちの方へ向かった。その途中で、右腕をぐいっと引かれ、立ち止まる。

「ミミちゃん、ごきげんよう」

「あら、イレネオ様。いらしてたんですね」

「そりゃあ、ね。夜会と言えば、麗しの……おっと、そんなこと言ってる場合じゃなかった。ちょうど良かった、ミミちゃん。俺、もう帰るところだったんだよね。せっかく会えたんだから、一緒に抜け出そうよ」

「お帰りですか、お気をつけて」

「うわー、ミミちゃんのそういう感じも久しぶりぃー。二人きりで積もる話でもしようよ」

「何にも積もってませんし。一生のうちの貴重な時間を無駄に過ごすわけにいかないので」

「夜道ってこわいよねえ。広間に貴族が集まってるから、警備も少なくなってるし。だから、ミミちゃんみたいな強い子に護衛してもらえると安心なんだよねえ。俺の部屋までいいからさ」

「そういうことなら任せてください！」

「チョロ……。あ、いや、こっちの話」

王城の客室を勝手に自室にしているイレネオを送るために、私は広間を出た。客室のある棟へ向かおうとしたら、再びぐいっと腕を引かれる。キィ、とわずかに軋《きし》む音がしたと思ったら、イレネオが裏庭へ出る掃き出し窓を開けていた。

「どこ行くんですか、イレネオ様」

「こっちの方が近道だから、こっちから帰ろう」

「そんなわけないでしょう」

「大丈夫、子供の頃から王城に出入りしている俺が言うんだから間違いない。おっと、やばいやばい。早く行こう、ミミちゃん」

イレネオに腕を引かれ、私たちは裏庭へ飛び出した。そして、すぐに大きな木の下にある垣根に身を隠した。

「ちょっと、イレネ……」

「しぃっ、黙って！　見つかっちゃう」

バタバタと走る音が聞こえてきて、窓の向こうの廊下を数人の女性たちがきょろきょろと誰かを探しながら走っている。

「イレネオ様……」

「さあ、今のうち。行こう、ミミちゃん」

私とイレネオは身を低くしたまま裏庭を進んだ。

「いやあ、俺の可愛い恋人たちが鉢合わせしちゃってさあ。いつもは気を付けてるんだけど、俺を驚かせようとサプライズ登場しちゃったご令嬢たちがいたんだ。そうしたら、あっという間に小競り合いがはじまっちゃって。怒った顔も可愛いよー、なんて言ってたら余計に怒っちゃって、収拾がつかなくなっちゃったんだ」

「自業自得じゃないですか。逃げずにちゃんと話を聞いてあげてくださいよ」

「夜は気が昂《たかぶ》っちゃうから、話し合いには不向きなんだよねえ。後日、明るくて人目のあるところでフォローしとく」

「……イレネオ様、侯爵様になったたって聞きましたよ。それなのに相変わらずですねえ」

私がそう呆れると、イレネオは顔をしかめてとても嫌そうな表情を見せた。

レナートとプラチド両王子の結婚をきっかけに、イレネオは父親からマルケイ侯爵の爵位を継承したのだ。イレネオは一応、王位継承権を持っているけれど、その役がまわってくることはないだろう、と判断されたのだ。まだ遊んでいたい、とイレネオ自身は叙爵を先延ばしにしていたのだけれど、父親がさすがにそろそろ引退したい、と強引に手続きをしてしまったらしい。

王位争いが起きないように道化を演じているのかと思うこともあったけれど、相変わらず女性関係の噂は絶えたことがない。やはりこれは本来の性格のようだ。

「もー、嫌な事思い出させないでくれる？　当主になったら領地の管理とか仕事が増えちゃって、ほんとやってらんないんだよね。親父は隣国の第三王子だったんだけどさ、おふくろ連れて十数年ぶりに里帰りしてるんだ。うるさい二人がいなくなって久しぶりに羽伸ばしてるんだから、夜会くらい楽しませてよ」

「いつも羽伸ばしすぎて、地に足着いてるとこみたことないですけど」

「だからこそ、大空で羽ばたくミミちゃんっていう天使に出会えたんだよ」

「さすがにうちの実家にもイレネオ様ほどポジティブな人いないですよ」

褒められちゃった、と言ってイレネオが鼻歌を歌い始めた。

そういえば、この人ちゃんと護衛を雇ってるんだから私が守る必要ないんじゃないかなって思い始めた頃には、客室のある棟が見えてきた。イレネオが慣れた手つきで裏口を開け、私に向かって左手を差し出した。条件反射で私はその手のひらにそっと手を乗せる。

「そういえば」

私を建物の中に導きながら、イレネオがふと思い出したように言った。

「ミミちゃん、もうすぐ新婚旅行に行くんだってね」

イレネオの言葉に、私はぱちりと瞬いた。

そうだった、毎日お茶会に夜会、時には王太子妃として式典に参加なんてして忙しくしているけれど、来週には私は新婚旅行でひと月をかけて諸国をまわる予定なのだ。

そうだったわ。訪問する国のお妃様やお姫様への贈り物、着ていく服やアクセサリーの選定、外国語の勉強もしなければならないのだった。

こんなことをしてる場合じゃなかったわ。私はさっと青ざめた。

「そうでしょ、そうでしょ。忙しいミミちゃんのために、俺が通訳として新婚旅行について行ってあげるよ。俺が外国語堪能なのはご存じの通り。あっ、大丈夫。もちろん、二人のイチャイチャは邪魔しないようにするからさあ」

「……イレネオ様の同行は、レナートがばっさり断ったって聞いてますけど」

「なあんだ、バレてたか。ミミちゃんが承諾すれば何とかなると思ったのにぃ。仕方がない、プラチドと一緒にさみしく留守番してるよ」

「アイーダにちょっかいかけたら、プラチド殿下に王城から追い出されますよ」

「さっすがミミちゃん。俺のことよくわかってるよね。じゃあさ、ミミちゃん不在の間の心の隙間を埋めるべく、この後俺の部屋で一緒にお茶でもどーお？」

「お部屋にとうちゃーく！　じゃあ、皆さん。この後よろしくお願いするわね」

イレネオの背中をドンと押して部屋に押し込み、私は背後を振り返った。柱の陰からわらわらとイレネオの護衛という名の監視役や側近が姿をあらわす。その中には、ちゃんとティートとスザンナも交じっていた。

レナートの命により、イレネオ対策はとっくに済んでいるのだ。私は二人の護衛を連れて、ゆっくりと広間への帰路についた。


この時期のルビーニ王国は気候が良い。それはもちろん、周辺諸国もほぼ同じだ。つまり、旅行するにはうってつけの季節ということ。

私は紅茶に口をつけながら、柔らかい陽の射す窓辺に目を細めた。

「殿下、さっきも確認したばかりでしょう」

ライモンドは呆れ声でそう言うと、スッと右手で眼鏡を上げた。執務机についているレナートが、眉間にしわを寄せる。

「何度確認したって無駄なことはない。ミミが溺れては困るではないか」

「だからと言って、やりすぎです。このままでは殿下の肺活量が風神並みになってしまいます。もうお止めください」

「風神とはなんだ」

「気にするのはそこではありませんよ」

ライモンドが額に手をあてててため息をついた。

そんなライモンドを横目に、レナートはピンクの浮き輪にぷうぷうと息を吹き込んでいる。レナートが浮き輪に穴が空いていないかを確認するのは、今日はこれで三回目だ。そんなに何度も膨ませていたら逆に穴が空いてしまうのではないだろうか。

「マリーア様。心配性の殿下はすぐに眠れなくなってしまうのですから、けして一人で海を見に行ったりしないでくださいよ」

「はあい、分かってるわ」

私はソファに腰掛けたまま大きく背伸びをした。

実は先日、とうとうロザリアの別荘に招待され、初めての海水浴を楽しんだばかり。

バカンスに招待する、似合う水着を選ぶ。まだ学生だった頃の約束をロザリアはきちんと覚えていてくれたのだ。用意された水着はアイーダと色違いのお揃いで、髪色の良く似た私たちはまるで双子のようだった。

大きなパラソルの下で飲む鮮やかなブルーのジュース。足の裏をくすぐる不思議な感触の砂浜。さわやかな白い波がうねる広い海。果てしない水平線の上に広がる青空。

初めての海にはしゃいだ私は、砂浜に打ち寄せては引いていく波を追いかけた。

そして、溺れた。

海のないムーロ王国で育った私は、泳げないのだ。

砂に足を取られ転んだところに、運悪くちょっと大きめの波が打ち寄せたのだ。私はそのまま波の中に引きずり込まれるように流されてしまったが、すぐに駆け付けたスザンナに助け出された。

溺れたといっても、深さは私の膝よりも下の浅いところ。初めての海水のしょっぱさに驚いてあわててしまっただけだ。

ついうっかりこの話をレナートにしてしまったがために、私専用の浮き輪が特注で用意された。新婚旅行の道中、どうしても船に乗って海を渡らなければならない国がある。何があるかわからないから、と船の中では私は常にこの浮き輪を背負っていなければならないらしい。

腰のリボンといい水筒といい、今度は浮き輪。

レナートの心配は尽きることがない。それもこれも私が思い付きで勝手な行動をとってしまうからなんだけれど……。

「旅程の最後にはムーロ王国を訪れる予定だ。やっと別荘にも行くことができる」

レナートが浮き輪をぷにぷにと弄びながら、そっと目を閉じた。こっそり買ったムーロ王国の別荘のことを言っているのだろう。改装が終わったぞ、と父から連絡が来ていた。

「ライモンドの別荘もすぐ近くに用意してある。たまにはゆっくりと休むといい」

「……近いだけに気になって、結局休むことなどできないでしょうね」

眉根を寄せたライモンドが書類をめくりながらさらりとこたえる。それについては私も同感だ。レナートの世話を焼いていないライモンドなんてライモンドじゃない。彼は他の側近たちから密かに、お母さん、と呼ばれているくらいだ。

「そういえば、今朝のミミの鍛錬には客人がいたそうだな」

やっと浮き輪を手放したレナートが私にそう尋ねた。

「ええ。先日の夜会で仲良くなった令嬢たちなの。一緒に鍛錬《たいそう》する約束をしたの」

「普通の令嬢たちではミミにはついてゆけないだろう」

「さすがに私と同じトレーニングはさせないわよ。簡単なストレッチだけやってもらったわ」

私は両腕を高く上に挙げて、うんと伸びをした。そこから大きく足踏みをして体を動かす。

「先週行った児童養護院でもやったばかりなの。楽しかったわ。そこの領主夫妻もいらしてね、一緒にやってくれたのよ」

「ほう、領主も。と、いうことは、ドゥランテ伯爵夫妻か」

「ええ。お二人ともとっても健康そうで、朗らかなお人柄だったわ。夫人は王都で流行のドレスを着こなしていて。すっごく人気でなかなか手に入らないっていう腕輪を着けていたの。ロザリア様から教えてもらったばかりだから間違いないわ。とても私と同じ年の娘さんがいるとは思えないくらい若く見えるの。もうすぐお孫さんも生まれるんですって。びっくりしちゃった」

「なるほど」

レナートがこめかみに人差し指をあて、ふと何かを考える仕草をした。

「ライモンド。確かドゥランテ伯爵領は財政が厳しいと申請があり、橋の補修に補助金を出したばかりだと思ったが」

「その通りでございます、殿下。申請内容とは違って、伯爵家はなかなか余裕がおありのようでございますね。……御心のままに」

ライモンドは恭しく礼をすると、隣の部屋で執務している他の側近たちに何かを指示しに行ってしまった。

「ミミ、旅行の準備はすすんでいるのかい」

「ええ！　楽しみで楽しみで、ライモンド様がくれた持ち物リストを毎日チェックしては、鞄に入れたり出したりしてるところよ」

「一度入れたものを出しているのか？」

「ええ。お土産がどんどん増えちゃって。隙間をつくるために、一度出して入れ直しているの。パズルみたいで楽しいのよ」

「楽しいのなら、まあいい。そのお土産というのは、やはり」

「そうよ。アンシェリーン殿下に渡したいものがいっぱいあるの！」

「そうか。皇女も喜ぶだろう」

レナートはそう言い、青い瞳を形よく弓なりに細めた。

私たちの新婚旅行は主に友好国を訪問してまわる。新婚旅行と言ってはいるが、次期国王となるレナートの挨拶回りみたいなものなのだ。そのたくさんの国の中の一つに、サンデルス帝国も含まれている。

以前、皇太子だったアントーニウスは、今や世界で一番有名な旅人となっている。フットワークの軽い彼は、まさに神出鬼没。彼の著作『とある高貴な旅人のメッセージ』は今や大ベストセラーで、ファンたちが首を長くして次作を待っているのだそうだ。

帝国の現皇太子は第三皇子のレオン。アンシェリーンの実兄だ。好戦的だった第一、第二皇子たちとは違う政策を行い、平和な帝国を作ろうとしている。

その姿勢を評価し、レナートは帝国への訪問を決めた。海を越えなければならない帝国へ行くのはあまり乗り気ではなかったのだが、やはり大国であるサンデルス帝国を差し置いて他国をまわるわけにもいかなかったらしい。

一方、私はただ単純に、アンシェリーンに再会できるのが楽しみだった。帝国の情勢によってはもう二度と会えないかもしれなかったのだから。

以前はアントーニウス派についていたアンシェリーンは、役職にはついてはいないものの、今や皇太子レオンを支える側近の一人として執務についているのだそうだ。城で行われる会議にもきちんと席が用意され、意見を述べる機会も与えられている、と、手紙にそう書いてあった。陰ながら必死で勉強してきた彼女の努力が報われているのだと思ったら、私は涙が出そうになった。実際に顔を見たら抱きついてしまうかもしれない。そんなことをしたら、彼女にものすごく嫌がられるだろうから我慢するけれど。

「なぜか一緒に来るつもりの母上とイレネオの同行も阻止した。それでも私とミミそれぞれの護衛がいるのでかなりの大所帯になる予定だ。特にサンデルス帝国はレオン皇子が皇太子になったとはいえ、次期皇帝の座争いは終息したわけではない。けして一人で行動することのないように」

「王妃様も同行するおつもりだったのですね」

「ミミ」

「はあい。分かってるわ。護衛の人数が多い分、対象を見失ってしまうことってあるのよね。私もムーロ王国ではバルトロメイ殿下の護衛をしていたからよっく分かるの。レナートは必ず私が守るから任せてちょうだい」

「本当にわかっているのだろうか……」

レナートはそう言い、机の横に置いていた浮き輪を手に取り、栓を抜いた。ぷしゅーと音を立てて浮き輪がどんどんしぼんでいく。レナートの揺れる前髪の可憐さに見とれていたら、目が合った。

「私のそばを離れない、というのなら、まあいいだろう」

レナートは傍らに置いてあった椅子を引き寄せ、こちらを向いてほほ笑んだ。

「おいで、ミミ」

レナートの言葉に、私の体ははじかれたように勝手に駆け出した。

薄い雲が強い日差しを遮り、心地よいそよ風が私の頰を撫でた。王妃様の庭は完璧に手入れされた花が燦然《さんぜん》と咲きほこり、一分の隙もなく壮観な景色を呈している。

いつもの頑丈なテーブルには、たくさんのお菓子が所狭しと並んでいた。今日のお茶会は王妃様と私の二人だけ。とても食べきれる量ではない。

「大丈夫よ。残った分は使用人たちのおやつになるから」

王妃様はとても自然な笑みを浮かべて、私の心の声にこたえる。またやってしまった、と私は身をすくめたが、王妃様の優しい笑顔にほっと力を抜いた。

王妃様はケーキスタンドから手早くお菓子を取ると、そのままポイッと私の口に放り込む。思わず口を開けて受け止めた私は目を白黒させた。

「あら、ごめんなさいね。つい」

王妃様は恥ずかしそうに扇で口元を隠した。

「レナートやプラチドが小さな頃、わたくしは公務に追われていて、あまり構ってあげられなかったの。それでも何とか子供たちと一緒に過ごす時間を作っていたの。ふふ、あの子たちったら食べるのが遅くってね。でも、時間は限られていたから、今みたいにお菓子を口に放り込んで食べさせていたのよ」

王妃様はそう言い、懐かしそうに目を細めて笑った。

どうやらレナートが私の口にお菓子を放り込むのは、子供の頃に王妃様からそうされていたからしい。お菓子を食べさせるのが愛情表現だと思っているのなら仕方がないよね、あはは。

私はけして心の声が漏れないように、口を押さえてそう思った。

一口サイズの苺タルトに手を伸ばした王妃様が、何かに怯えるように小さく一度震えた。

「ミミちゃん、わたくし……やっぱり……」

私はとっさに手前にあった小皿を摑み、王妃様の背後にある草むらに向かって投げつけた。

「王妃様、頭を下げて！」

王妃様がすばやく両手で頭を抱えてテーブルに突っ伏した。私はテーブルに左手をつき、勢いよくジャンプする。

「くせ者よ！」

小皿を投げた草むらから、ルビーニ王国の赤い騎士服を着た二人の男が躍り出た。手には大ぶりの剣が光っている。

そのうちの一人が容赦なく私に向かって剣を振り上げた。しかし、私の動きの方が一瞬早い。剣が下ろされる前に、私の右膝が男の腕にヒットする。

もう一人が駆け出し、王妃様に狙いを定めて剣を構えた。

「御覚悟！」

「きゃー！」

王妃様が悲鳴を上げる。男を蹴ったその足を地面に突くやいなや、私は猛ダッシュする。王妃様を横抱きにして身を低くし、振り下ろされる剣を除《よ》けた。

「王妃様、摑まって！」

王妃様がぎゅっと目を瞑り、私の首に両手をまわす。

私は大きく地面を蹴り、目の前の楓《かえで》の木の幹に足をかけて飛び上がった。追って来た男たちの剣が空を切る。

「くそっ、すばっしこいな」

「挟み撃ちだ！」

二手に分かれた男たちが、着地した私の両側から回り込んだ。ひるむことなく、私はそのまま走る。転がって倒れている椅子を台にして飛び上がり、そのまま王城の壁に足を突いた。一歩、二歩、三歩。勢いのままに壁を走った私は二人の男の追撃を除けて、庭の端へ飛び下りる。

大きく振った剣を躱《かわ》された男の一人が転んだ。もう一人が私の背後に迫る。急旋回した私は腕の中の王妃様をきつく抱きしめたまま、男に体当たりした。二人の男が庭に倒れている。

「その程度じゃ私を倒せないわよ」

足を止めた私は、倒れた男たちを睨んだ。

「ミミちゃん！　危ない！」

「！」

王妃様が叫んだ。

ハッとして振り向くと、壁の陰に隠れていた第三の刺客がなんと私のすぐ後ろに迫っていた。男が右手の剣を振り上げる。

身を低くした私の腕の中で、王妃様がもう一度叫んだ。

「えーい！」

バチン！

「うわー」

男がわざとらしい叫び声を上げて、後ろに倒れ込み尻もちをつく。両手で扇を握った王妃様は、はあはあと息を切らしていた。

「やりましたね！　王妃様！」

「やったわー！　ミミちゃん！」

尻もちをついた男が痛そうに額を撫でている。王妃様の扇による一撃が、彼の眉間に命中したのだ。先に倒れていた二人の男がゆっくりと立ち上がり、恥ずかしそうに落ちた剣に手を伸ばしている。

パチパチパチパチ。木の陰や壁の向こう側から、護衛の騎士たちや侍女たちが拍手しながら姿をあらわした。

「王妃様、さすがですわ」

「お見事でした」

私の腕から下りた王妃様は嬉しそうに頬を染めながら、彼らの賞賛にこたえるように大きく頷いた。そして、中庭を見下ろすベランダの方に振り向くと、扇を開いて顔を隠した。

「ミミちゃん、ありがとう。満足したわ」

「私も楽しかったです！」

私は大きな声でそう返事をした。そこかしこで堪えきれない笑い声が起きる。

さっきのは、王妃様たっての希望による襲撃ごっこだ。襲って来た男たち三人はもちろん、騎士団員たちだ。事前に入念な打ち合わせを行い、朝練で練習もした。持っていた剣は市井で売っている、子供用のおもちゃの剣だ。無駄に大きくて、とても軽いのだ。

どうせなら、と、最後は王妃様がとどめを刺す演出にしたら、とても喜んでくれた。

二階のベランダからは、国王陛下とレナートが並んで私たちを見下ろしている。はしゃぐ王妃様を優しい笑顔で見つめている陛下は、まだ拍手をしている。その隣で、レナートが苦笑いをしていた。ルビーニ王国はなんて平和な国なのだろう。

「皆、協力ありがとう。とても良い体験だったわ。壁を走ったことのある王妃なんて、きっと世界中探したってわたくしくらいでしょう。ミミちゃんがいない一か月もこの思い出があればさみしくならずに過ごせそうよ」

王妃様はそう言って、私をぎゅうっと抱きしめた。

陛下がうんうん、と満足そうに何度も頷いている。その向かいの棟のベランダには、手すりに突っ伏して肩を震わせるプラチドと、その背中をさするアイーダがいた。

私は王妃様を抱きしめ返し、両のベランダを大きく仰いだ。

私とレナートの新婚旅行への出発は、とうとう明日だ。


「いってきまぁーすー！」

私の声が響き渡る。

王城のエントランスには、国王陛下に王妃様、アイーダとプラチドはもちろん、そして使用人のほとんどが見送りに出てきてくれた。

馬車の窓から身を乗り出して手を振る私の腰のリボンは、しっかりとレナートに握られている。

門を出て、皆の姿が見えなくなったところで、私はやっと車内に戻った。

「王妃様、ちょっと泣いてたわ」

「……私が一人で外遊するときは見送りにも来ないのだが」

「そ、それは、えっと、レナートは男の子だから」

「ふふ、まだ子供扱いか」

レナートは笑いながら背もたれにゆったりと背を預け、窓の外をちらりと見た。つられて私も覗《のぞ》き込んだら、タイミング悪く馬車がスピードを上げ、レナートの頬に自分の頬をぎゅうう、と押し付ける形になってしまった。

ぱちくりとまたたくレナートの表情がかわいくって、私は声を上げて笑った。

さすが王太子の乗る馬車はほとんど揺れることもなく、座席のクッションの弾力も完璧だ。馬車を曳《ひ》く馬もきりりとしていて品がある。前にはレナートの側近たちや私の侍女たちが乗った馬車が二台走り、後ろには荷物を積んだ馬車が付いて来ていた。そして、騎馬の護衛の騎士たちに周りを囲まれており、遠くから見ても高貴な人が乗っているのがわかるようになっている。

新婚旅行と言っているけれど、ほぼ王太子レナートの外遊のようなものだ。スケジュールも各国の王族や大臣たちとの会談でびっしり埋まっている。一方、私はその国の王妃様やお姫様とお茶会、観光と忙しい。

レナートに恥をかかせないように、完璧な王太子妃としてふるまってみせるわ。私は両手をぐっと握り、そう心に誓った。

隣に座るレナートが、小さく頷く。いけない、また心の声が聞こえてしまったのかもしれない。

『気が抜けすぎですよ。これから他国の王族に会うのがわかっているのですか』

私は思わず身をすくめたが、ライモンドのお小言は聞こえなかった。どうやら今のは幻聴だったようだ。

「ミミ、一国めは国王夫妻に挨拶だけして、今日のうちに二国めに入る。到着は夜になるから、そのままホテルに向かうんだ。天気にもよるが、少し街を歩いてみようか」

「いいの？」

「ああ、治安の良い国だからね。ガブリエーレから許可ももらってあるよ」

「やったあ、夜店でしか売っていないお菓子があるって聞いたわ」

「へえ、そうなのか。では、是非買ってみようか。いいだろう？　ライモンド……、そうか……いないんだったな……」

　レナートが誰もいない向かいの座席を見つめ、きゅっと口を閉じた。

「……私もさっき、ライモンド様の声の幻聴がしたわ……」

　常にライモンドに見張られていた私たちは、結婚式を機に晴れて二人きりになるのを許された。むしろ、隙を見せるとすぐに二人きりにさせられるくらいだ。

「長年一緒にいたのだから、仕方がない」

「……」

「……」

「もっ、もうすぐ休憩時間じゃないかしら！　快適な馬車とはいえ、やっぱり肩や腰が凝ってきちゃった。ちょっと体を動かしたくなってきたわ」

「かなり規模の大きな庭園で休憩を取ると言っていたね。花を見て回るといい」

　レナートがそう言って、窓の外を見やった。馬車の進む大きな街道の先には、きれいに区分けされたカラフルな景色がグラデーションを作って広がっている。もしかして、あれが庭園かしら。

私は窓にしがみつくようにして、馬車の行く先を見守った。

庭園は想像以上に広かった。次々と観光客がやって来て、きれいに整備された花畑を眺めている。中にはルビーニ王国には咲いていない花もあったらしい。レナートはとても興味深そうにその花を観察していた。端整な顔だちの王子が可憐な花にそっと手を添える。その麗しい光景に、誰もがうっとりとしていた。もちろん、私もその一人だ。

「殿下、特別室を予約しておりますので、そちらへ」

ライモンドが耳打ちすると、レナートが残念そうに目を眇《すが》め、渋々頷く。私とガブリエーレは二人の後ろに続く。

正直なところ、花畑にはあまり興味がない。確かにきれいなのだが、見渡す限り花畑しかないこの庭園は、私のような田舎の小国出身の者にはさほど心に響かないのだ。その点については、ガブリエーレと気が合う。彼もまた、景色よりも食い気のようだ。

「やあ！」

「まだまだ！」

案内された特別室は、レストランや売店などのある建物の奥に用意されていた。壁が取り払われ、まるで広いテラスのようになった部屋はとても涼しく、もちろん日陰になっている。大きなテーブルにはたくさんの食事が並んでいた。しっかりと食事を済ませた私とガブリエーレは、そのまま庭に飛び出した。

庭は特別室専用のプライベートな仕様になっているので、私がどんなに走り回っても、一般客には見られることはない。日当たりの良い広い場所で、私とガブリエーレは組み手を始めた。

師範代の私から直々にアンノヴァッツィ武術を習っているガブリエーレは、とても飲み込みが早いこともあって、私の動きに難なくついて来る。

「36！」

「ぐっ！」

私の上段の横蹴りを、ぎりぎり躱したガブリエーレがよろけた。

「まともに受けて耐えるか攻撃するかで悩んだわね。その迷いが一瞬の遅れを生んだのよ」

「くっそー」

ガブリエーレが悔しそうに顔をしかめた。

これくらいでは、私もガブリエーレも息は上がらない。日陰の席では、笑顔のレナートと真顔のライモンドがこちらを眺めていた。

「はあ……言っても無駄なのはわかってますが、マリーア様、ほどほどにしてくださいね。誰が見ているかわからないのですから」

「はあい。ちょうどいい腹ごなし程度よ、これくらい。ね、ガブリエーレ？」

「ああ。こんなもんで俺たちの実力が測れるはずはない」

「そうじゃなくてですね」

ライモンドが眼鏡を外して、右手で目頭をもんだ。

「お前たちも食べたのか？　そろそろ出発の時間だろう」

レナートが後ろを振り返り、にこりと笑顔を見せた。奥の長テーブルでは、護衛騎士や侍女たちが食事を取っている。どのお皿もきれいに空になっていた。

「そうですね。国王夫妻がお待ちでしょうから、行きましょうか」

ライモンドがそう言うと、皆が元気よくいっせいに立ち上がった。


「まあ、可愛らしい妃殿下ですこと」

隣国の王妃様が私を見るなり、そう言って目を細めた。美しい白髪をきゅっときれいにまとめた王妃様は、しわの多い、でもツルツルの手で私の手をぎゅっと握り返してきた。腰が曲がり、顔にもしわがたくさん寄っている。でも、それは目元や口元に集中していて、笑顔の多い日々を送って来たのがよく伝わってくる顔だった。

国王陛下は腰は曲がっていないものの、同じく白髪頭で常に弓なりになった糸目の朗らかな方だった。王妃様と二人で並ぶ姿は、何だか真っ白の愛らしい雪ウサギを思い出させる。

陛下は近年中に退位することが決定している。そのすぐ後ろには、黒髪の真面目そうな王太子が控えていた。冷たそうな目つきでこちらを見ていたが、レナートと目が合うと、うって変わって人懐こい笑顔を見せた。

「レナート殿下！　ご結婚おめでとうございます」

「ありがとう。そちらも息災そうで何よりだ」

厳格な王太子モードのレナートが、眉間にしわを寄せたまま隣国の王太子と握手した。しかし、そっと彼にだけ見えるように薄くほほ笑む。

「本来なら私の妻も出迎えに来なければならないのですが、何しろ臨月でして、申し訳ありません」

王太子が胸に手をあて、軽く頭を下げた。すぐにレナートが手を上げてそれを制する。

「かまいません。ふむ、何人目だったかな」

「五人目だ。王子二人に王女二人。さて、今回はどちらが生まれるでしょうね」

「わー！　楽しみですね！」

私がそう言って手を叩いて喜ぶと、王太子はにこりとほほ笑んだ。

「マリーア妃殿下もたくさんごきょうだいがいらっしゃるとか。何番目ですかな」

「六人きょうだいの五番目です！　下に弟が一人います」

「そうですか。では妃殿下のような美しい子が生まれるように願いましょう」

「美しいだなんて！　正直な方ね！」

バシバシと叩かれた王太子がよろけ、私の手をレナートがそっと摑んだ。王太子の護衛の皆さんがちょっとひいてる。

その後、私達は応接室へ通され、休憩がてら歓談して過ごした。

隣国なのでそれほど食べ物も飲み物も変わりはないが、それらに使われている食器はルビーニ王国とは少し違った。つまりティーカップや皿がとても薄くて繊細な作りだったのだ。

カップを持ち上げたらハンドルをもいでしまいそうだし、ソーサーは握りつぶしてしまいそう。なんと、ケーキ用の小さなフォークまで陶器でできているではないか。

私はなるべく呼吸を止めてカップに口をつけた。手がプルプルと震えそうなのを必死で我慢して、慎重にテーブルに戻す。

誰にも気取《けど》られないように、ほっと息を吐くと、窓の外から子供の声が聞こえた。室内にいた全員の視線が、大きな掃き出し窓に注がれる。

「きゃー、あははは！」

上半身裸ん坊の五歳くらいの男の子が笑いながら目の前を駆け抜けていった。少し遅れて、侍女らしき女性がシャツを片手に登場。私達の視線に気付き、飛び上がって驚いた後、何度も頭を下げながら男の子を追っていった。

「も、申し訳ない……今のは」

「あははは！　懐かしい！」

王太子の声にかぶせて笑い声を上げてしまい、私はあわてて口を閉じた。壁際に控えるライモンドの眼鏡がギラリと私を責めるように光っている。

「申し訳ない。今のはうちの息子、第二王子です。どうにも元気が良すぎて……」

王太子は顔を赤くして、額に手をやった。

眉間のしわを深めたレナートが、チラッとこちらを見る。

「懐かしい、ということは、ミミもああして走り回っていたのか？」

「ままま、まさか！　私も弟のテオをああして追いかけていたから懐かしいなって……」

これは半分本当で、半分嘘。

テオを追いかけていたのは本当だけど、私自身も幼い頃は裸で走り回り、姉たちに追いかけられていたのだ。

「なるほど」

レナートは静かにそう言うと、前に向き直り、王太子たちとの会話に戻った。

よかった、バレなかった。私は両手で口を押さえて、心の底からそう思った。

「本当はミミも走って逃げ回っていたのだろう？」

夕方になり、私達は隣国の王城を後にした。今夜の宿へ向かう馬車の中で、ゆったりとリラックスした様子のレナートがそう尋ねた。

「えへへ、やっぱりバレてたわね」

私が照れ笑いすると、レナートがほほ笑みながら身を寄せてきた。

「ああ、ミミのことなら何でもすぐに分かる」

「レ、レナート……」

額に頬をすりよせられ、私はくすぐったいのと恥ずかしいのとで何度も瞬きを繰り返した。

「必死に両手で口を押さえているんですから、嘘をついていることくらい誰にだって分かりますよ」

向かいの席で、心底呆れ顔のライモンドがため息をついた。右手でぐっと眼鏡を押し上げると、こちらを軽く睨む。

「まったく。どうしてわざわざ呼び戻されたあげくに目の前でイチャつかれなければならないのですか。二人きりにしてさしあげたのですから、その時に存分にそうなさったらよいでしょうに！」

「だって、ツッコミ不在だと会話が締まらないっていうか」

「ライモンドの邪魔があるからこその私達なのだ」

「何言ってるんですか！　私がいたらいたで逃げるくせに」

ライモンドはプリプリ怒りながら、手元の書類をめくった。

そう言いつつも、けっこう嬉しそうな顔をしているではないか。私はそう思ったけれど、口を閉じた。下手なことを言って、側近たちの馬車に戻られては困るのだ。旅の道中の会話は楽しい方がいいのだから。

「まあ、同僚たちとの打ち合わせも終わっておりましたからちょうど良かったです。両殿下と情報のすり合わせをしておきたいところでしたので」

「情報のすり合わせ？」

ライモンドの言葉に私は首を傾げた。

「各国の最新の情報を共有しておきましょう。高貴な方々に失礼があってはいけませんからね」

ぺらりと書類をめくる音が車内に響いた。続いて私の喉が、ごくり、と大きな音を立てる。レナートが手で口元を押さえながら、少しだけ笑った。

「ミミ、そんなに緊張するほどの機密情報ではないよ。例えば、先ほどの国では、もうすぐ王太子に五番目の子が生まれるということを私は事前に知っていたんだ」

「そうなんですね」

「ああ。でも、何番目かは忘れたふりをしたんだ。そうしたほうが、五番目の子であるミミが話に入ってきやすいと思ったから」

「マリーア様は、レナート殿下の手のひらの上で面白いようにコロコロと転がされていたのです」

「言い方！」

「申し訳ありません、マリーア妃殿下、でしたね」

「それはスザンナの口ぐせよ」

私は身を乗り出して窓の外を見た。

「ガブリエーレなんて、過去も現在も変わらず、マリーア！　お前！　よ」

眉をつり上げてガブリエーレの顔真似をすると、めずらしくレナートが声を上げて笑い、ライモンドが肩を震わせて下を向いた。窓の外では、騎馬したガブリエーレがきょとんとしてこちらを向いている。なかなか勘のいい人だわ。

「ガブさん、近衛騎士の教育を受けているはずなんですけどね……」

ライモンドがこめかみを押さえてつぶやいた。

「アイーダにはちゃんと礼儀正しくしているから、きっと私だけ特別扱いなんだわ」

「特別扱いの意味、わかってます？」

ライモンドがさらに顔をしかめる。窓の外では、ガブリエーレまでもが同じような顔をしてこちらをのぞきこんでいた。本当に勘がいい。

隣のレナートを見上げると、優しい笑顔で私を見つめている。

結婚式を終えて以来、私たちはそれぞれ予定がびっしりで、なかなか会う時間が取れないことも多い。だからこそ、なのだろうか。レナートはこうして一緒にいられる時間を大切にしてくれる。

光源がなくてもキラキラ輝く金髪、透き通るような白い肌、溺れてしまいそうなほど澄んだ青い瞳。

今でも私は何度だってレナートに目が釘付けになって……。

「えー、まずは来週滞在する共和国の首相との会談ですが」

「いいところだったのに！」

「何の話ですか。ちゃんと聞いてくださいよ、妃殿下」

ライモンドはそう言い、私たちに手書きのメモを手渡してきた。共和国の首相のフルネームや家族構成や趣味がびっしりと書かれている。

「えーと、なになに。首相は最近、健康のために縄跳びを始めたらしい。へえ、楽しそう。付き合ってあげてもいいわ。って、こんな情報必要かしら!?」

「会話のきっかけにはなるでょう。けして一緒に縄跳びをすることのないようお願いしますよ」

「ライモンド。それは、ミミの背中を押しているように思えるが……」

レナートの言葉に、ライモンドがハッとする。

「違いますよ！　絶対に縄跳びなんてしないでくださいって言ってるんですからね！」

「えっと、期待に応えて一緒に縄跳びしたらいいのよね？」

「誰も期待なんてしてません。言葉通り、けして、縄跳びを、しないでください。私の言っている意味が分かりましたね？」

「………わ、わかった……わ……？」

「……」

「……」

ライモンドが真顔で眼鏡をくいっと上げた。レナートはその様子を凝視している。

「わかりました。では、当日、マリーア様の両足を縄でくくります」

「では、じゃないわよ!?」

「ライモンド、それではミミが歩けないではないか」

「大丈夫です。ガブさんに肩に担いでもらいます」

「ガブリエーレは私の護衛だ。ミミを担いでいたらとっさに動けなくなってしまう。だったら、私がミミを担ごう」

「なんでそうなるの!?」

「殿下。ご安心を。マリーア様は御存知の通りとても丈夫です。有事の際はガブさんの強力な武器として活躍してくださるはずです」

「ライモンド様がご乱心よー！」

バシバシと窓を叩いてガブリエーレを呼んだけれど、当の本人はなぜか愛想笑いを浮かべ目礼すると、馬車から距離を取って離れて行ってしまった。

「では、マリーア様。続きまして首相のご家族の情報も共有しておきましょう」

「だから、では、じゃないってば！」

ドタバタと大きく揺れる私たちの馬車を、周りを囲む護衛騎士たちがにこやかに眺めていた。

私を先頭にガブリエーレ、ティート、そしてスザンナが続いた。誰一人として息切れなどしていない。

たくさんの拍手を浴び、私たちは壇上に一列に並ぶ。拍手にこたえるように私が手を上げると、わあっと大きな歓声が上がった。

「ティートさん、素晴らしいご判断でした」

眼鏡を上げて涙を拭うフリをしたライモンドが、会場に戻った私たちに言った。ちなみに、涙など一滴たりとも流れていない。

「真剣勝負に気をつかう必要などないのだが、楽しませてもらった」

厳格な王太子モードのレナートは、眉間にしわを寄せつつも機嫌は良さそうである。

「いえ、ほんとにコケただけなんです」

ティートが申し訳なさそうに頭を掻《か》いた。

「いいえ。良いタイミングで脱落、そして二位。結果、首相チームに勝ちを譲ることになり、こんなにも盛り上がったではないですか。いやあ、首相のご家族もご機嫌ですよ」

ライモンドはそう言い、ティートの背を叩いた。

共和国首相の始めた縄跳びとは、まさかの大縄跳びだった。

四人一組でのチーム戦で、三チームが同じ縄を飛ぶのだ。計十二人がいっせいにジャンプする姿はまさに壮観だった。私たちルビーニ王国チームは順調に勝ち抜き、首相ファミリーチームとの最終決戦に進んだ。

「それにしても、四人一組と聞いた時は焦りました。すぐにティートさんとスザンナさんが手をあげてくれたので助かりましたが。どんくさ、いえ、優雅な殿下と体力のない私が参加していたら序盤で脱落していたことでしょう」

ライモンドはまるで自分の采配だったかのように満足げに何度も頷いた。

最終決戦では、軽々と縄を跳んでいた私たちだったが、とある瞬間にスザンナがティートに何かを耳打ちした。その言葉に驚いて振り向いたティートの右足が、わずかに縄に引っかかってしまった。そして、ティートはそのまま派手に転んだのだ。

本気で勝ちに行っていた私にはよく分からないけれど、ライモンドの様子からして負けてよかったのだろう。だったら、これはスザンナの判断が的確だったということだ。ライモンドからはスザンナのあの行動が見えなかったようだ。代わりに後で私からスザンナを褒めておこう。あと、何を言ったのか聞いておこう。

「ここからの会談は私とライモンドに任せてくれ。休憩室が用意されているらしい。君たちはゆっくりと休むといい」

レナートが私たちにだけ見えるようにほほ笑んだ。

これくらいの運動、私たちにとって準備運動にもならない。むしろレナートの美麗な笑顔のおかげで縄跳びどころか旅の疲れまで一瞬で吹っ飛んだくらいだ。笑顔にあてられて硬直しているティートとスザンナの肩をガブリエーレが優しく叩く。

「おい、しっかりしろ。こんなんで魂が抜けていたら、今後王族の護衛なんて続けられないぞ。マリーアは別として、アイーダ妃殿下ともしょっちゅう会うことになるし、伏兵としてプラチドもいる」

「ふ、伏兵……！」

「ああ、そうだ。プラチドはレナートと違って、自分の笑顔に価値があることを知っている。ここぞという時に使ってくるぞ。油断するな」

「は！」

スザンナが右の拳を強めに胸に押し付けた。その隣ではまだティートがぼんやりとしているけれど、アンノヴァッツィ家の弟子だ。耳には入っていることだろう。

「じゃあ、この後はレナートたちに任せて、俺たちは休憩しようぜ」

「はい！　ガブリエーレ様」

「ご一緒します」

ティートとスザンナがガブリエーレの背を追っていく。二人が先輩であるガブリエーレとうまくやっていっているようで、私は密かに安心した。

規則ゆるゆるのムーロ王国からやって来た二人が、大国の騎士団に馴染めるのか、私はひどく心配していた。あちらでは、王族も緩い。王太子が護衛もつけずにロバに乗って移動しているくらいなのだ。

所属は違うけれど、王族付きの護衛騎士として仕える二人を、ガブリエーレは程よい距離を保って指導してくれている。もしもの時は、次期公爵としてムーロ王国の王族付き護衛をしていた私が厳しく指導しなければならないかと思っていたけれど、その必要はないらしい。

「そうね、あとは……護衛対象の私を置いて行っていることに気付いてくれたら完璧ね」

私はわりと大きめの声で独り言《ご》ちた。が、三人が振り向くことはなかった。仕方がないので、私は走って三人の後を追うことになってしまったのだった。


少々予想外のこともあったけれど、訪問する国の人たちと仲良くなることができ、私たちの旅は順調だった。主にレナートとライモンドが王族や大臣たちの対応をしてくれたので、私は案内されるがままに観光とショッピングを楽しんだ。

ホテルの部屋の一角には、たくさんのお土産が積み上がっている。

「ずいぶんとたくさん買ったのだな」

床にぺたりと座り、一つ一つに贈り先の名前を記入していた私の顔を、レナートが後ろから覗き込んだ。そして、私を抱きかかえるようにして、同じように床に腰を下ろす。そのまま肩にあごを乗せると、私の手元をじっと眺めた。

「そんなにくっつかなければならないほど、狭い部屋じゃないですよ」

私がそう言うと、レナートは眉根を寄せてちょっとだけむくれた顔をした。

「今日は一日中、ミミと離されてしまった。あなたが一人で観光していると聞いて、気が気ではなかったよ」

「一人じゃないわよ。ティートとスザンナはもちろん、それからこの国の第二王女様、その護衛の人たちでしょう。観光案内のガイドの人でしょう。王女様の婚約者の方も途中から参加して、その方の護衛も来て、なぜか護衛の護衛も来て」

「護衛の護衛？」

「ええ。婚約者の方は公爵らしいんだけど、護衛の方は伯爵家の方なんですって。だから、その伯爵家から護衛が来ていたわ」

「そうか」

「最終的には誰だかわからない人も数人いたけれど、一緒に食事してお話したら仲良くなったわ。結局名前は知らないままだったけど」

「それは、防犯上どうなんだろうか……」

私の肩の上で、レナートが首を傾げる。それがくすぐったくて私が笑うと、レナートもつられて笑い始めた。軽く身を倒してもたれかかると、レナートは私の腰にまわした腕に力をこめる。私はそれが苦しくって身じろぎしたら、レナートが、ふふ、と息だけで笑った。

抱きしめられる温かさに今日一日の疲れが溶け込んで、私はちょっとだけウトウトしてきてしまった。ふわあ、と声を上げてあくびをすると、レナートの右手が私の左の頬を撫でた。意外と大きくて頼りがいのある彼の手のひらに、私は頬を押し付け目を閉じた。

とても静かで温かな時間だった。

「そうなんですよ。順調すぎて、不安になるほどです」

突然聞こえたライモンドの声に、私は飛び起きた。

振り向くと、部屋の片隅にある応接セットのソファに腰掛けたライモンドが、固く目を閉じ右手で眉間をもんでいた。眼鏡はテーブルの上に置いてある。

「レナート、大変。ライモンド様が眼鏡と会話しているわ」

「そんなわけないでしょう。殿下までなぜ驚いているのですか。やめてください」

ライモンドはそう言うと、さっと眼鏡をかけ直してしまった。

「そういえば、ライモンド様の素顔って見たことないわ。眼鏡を外しても、目頭をもんでいたりして必ず手が添えてあるの。見てみたいわ。ねえ、もう一度眼鏡外してみて」

「いやですよ。そんなこと言われておいそれと外せるほどの顔面ではありませんから」

「レナートを前にして勝てる人なんてそういないわよ」

「だからこそです」

「あら。じゃあ、力ずくで外すだけだわ」

立ち上がろうとしたけれど、レナートの腕は外れない。がっしりと抱き込まれてしまうと、なぜか私は動けないのだ。

「ちょっ、レナート。いつも思うけど、どこにそんな力が」

「ライモンドなど構う必要ないだろう」

「用がないならお二人の部屋に呼ばないでくださいよ」

「その割には断らずにホイホイ来るじゃない」

「王族の命令は絶対ですからねえ」

ライモンドはそう言うと、立ち上がって私の目の前に積んであるお土産の箱を一つ一つ検分していった。

「それにしても、ずいぶん買いましたね。しかも、大部分がアンシェリーン殿下宛てですね」

「そうよ！　だって、あの子の好みなんて全然わからないんだもの。だから、手当り次第にいろいろ買ってみたの。特にこれ、見て」

私は小さな箱を手に取った。品の良い包装紙に包まれた小箱の中で、コトリと小さな音がした。

箱を覗き込んだレナートの腕が緩んだ隙に、私は立ち上がり、腰に手をあてて高笑いした。

「おーほほほほ！　この美容液をご存知かしら？　知るわけがありませんわよねぇ、あなたのような流行にも疎い狸妃殿下が。これは山間の小さな村で採れる植物から抽出したエキスを配合した、とても希少な美容液ですわ。マリーア様って運だけはよろしいのね。こちら、道中の街で購入できるそうですわぁ。これをもらって喜ばない女性はいないでしょうねぇ～おーほほほほ」

私は最後にもう一度高笑いした。そして、ゆっくりと腰にあてていた手を下ろす。

「……って、ロザリア様が言ってたの。私がアンシェリーン殿下のお土産に悩んでたら、わざわざ調べてきてくれたみたい」

「なるほど。ロザリア嬢と仲が良いようでなによりだ」

レナートに褒められ照れていた私だったが、ふと先程のライモンドの言葉を思い出して振り返った。

「ライモンド様。そういえば、さっき不安だって言ってなかった？　どうかした？」

私にそう問われ、ライモンドが思い出したようにあごに手を置く。

「そうそう。マリーア様がいるのに、毎日こうも順調に進んでいくのがどうも腑に落ちないのです。マリーア様がいるのに」

「二回も言ったわ」

「ええ、当然です。これからサンデルス帝国へ入るのですよ。不安にもなりますよ」

私たちは明日から船に乗って海を渡り、サンデルス帝国へ向かう。

アントーニウスは皇太子の座から降りたとはいえ、まだかなりの権力があるらしい。私たちの新婚旅行のために、皇族所有の素敵な別荘に招待してくれたのだ。

別荘の準備も使用人の手配も済ませ、食材もたっぷりと用意した、と連絡がきて、さすがに断れなかった。

「以前よりはましになったとはいえ、帝国はまだ情勢が不安定だ。本来なら立ち寄りたくなかったのだが……」

レナートはそう言い、こめかみに指をあてて考えこんでしまった。

ライモンドも腕を組んで何やら困り顔だ。

「狸妃殿下、あちらにはイルーヴァ様のような呪術師がたくさんいます。王族には手を出さないルールと言ってはいましたが、どこまで信用できるものか。十分に気をつけてくださいよ」

「今、さらっと狸って」

「重要なのはそこではありません」

「そ、そう、なのかしら」

確かに帝国にはたくさんの呪術師がいる。皇子たちにはそれぞれ仕える呪術師がいるらしく、それが何人なのか、どんな能力なのかは全くわからないのだそうだ。

私が知っているのは、アントーニウス付きのイルー婆と、アンシェリーン付きのベンハミンだけ。特にベンハミンは、子供だましの催眠術、なんて言っていたけれど、使いようによっては恐ろしい呪いの使い手だった。

呪術師は王族には手は出さない。しかし、その護衛に呪いをかけることはできるのだ。護衛が全員動けなくなってしまったら、私一人でレナートを守り切ることができるだろうか。

「いいえ、弱音を吐いてはいけないわ。私は絶対に負けないいんだから」

ぐっと拳を握りしめ、そう言うと、ライモンドがさらに不安そうに顔をしかめた。

「……おとなしくしていてくださいね、お願いですから」

その言葉は、パンチの素振りを始めた私には全く届いていなかった。

私たちを乗せた大きな船は、港を持つ友好国が用意してくれたものだ。かの大国ルビーニ王国王太子レナートが乗るのだから、と、かなり気合を入れて整備をし、快適に過ごせるように内部を調えただけあって、ほとんど揺れを感じることはなかった。私の初めての船旅はとても快適だった。

「わああ、見て！　レナート。遠くに島が見えるわ」

「ああ、帝国は広いだけあって小さな島もたくさん所有している。あの島には多分、数人の島民が住んでいるはずだよ」

「へえ。自然が多そうな島ね。私の見たことのないような動物もいるのかしら」

私は部屋の窓に貼り付いて外を眺めていた。

そそっかしい私は、甲板に出ることを許されず、部屋に軟禁されている。うっかり海に落ちてしまう可能性が大いにあるからだ。もしもの時のために、背には浮き輪をくくり付けられていた。

船旅と言っても、サンデルス帝国までは数時間程度。私たちは用意された軽食を取り、どこまでも続く水平線を眺めて楽しんだ。

「あっ、もしかして」

出発した港とは比べものにならないほど栄えた港が遠くに見えてきた。

私が指さして声を上げると、隣に座るレナートがわずかに口の端を上げる。

「ああ、あれがサンデルス帝国だ」

ルビーニ王国を出発してからは、ずうっと牧歌的な風景が続いていた。

しかし、海を越えるだけでこんなにも景色が変わるだなんて。

私は窓に額を付け、瞬きも惜しんでその港を眺めた。

帝国の港は、見渡す限りに堅牢な倉庫が立ち並び、私たちの乗る船よりもずっとずっと大きな商船が停泊している。たくさんの人々が声をかけ合いながら、積み荷を降ろしていた。活気のあるその光景にしばらくの間、私は目を奪われたままだった。

とうとう到着したのね。アントーニウス、そして、アンシェリーンのいる帝国へ。

アンシェリーンは私たちの結婚式には参列することができなかった。その代わり、たくさんの祝いの品と、いつでもレナートを奪う準備はできている、という定型の一言に加えて、帝国へ遊びに来るのなら接待くらいはしてあげる、と書かれた手紙が同封されていた。お祝いはほとんどが私宛で、私の喜びそうなものを選んでくれたであろう心づかいの伝わるものばかりだった。

山のように積み上がった私のお土産を見たら、アンシェリーンはどんな顔するかしら。きっと、生真面目な彼女はものすごく嫌そうな顔をしつつ、一つ一つ手に取って感想を述べてくれるだろう。

「もっとたくさん買ってくれればよかったわ」

港に近付いた船が、軽やかな汽笛を上げた。

船を降りると、アントーニウスが用意してくれた馬車が待っていた。

彼らがルビーニ王国にやって来た時に乗っていた、真っ黒で大きな馬車だ。見るからに頑丈で、もし襲われてもちょっとやそっとじゃ壊れなそう。車体を叩いて耐久性を確認していた私の両手が後ろから持ち上げられた。振り向く間もなく、私はガブリエーレに馬車に押し込まれる。

「ミミ、大丈夫か」

座席の上でひっくり返っていた私を、レナートが起こしてくれた。

「後がつかえてるんだから、さっさと乗れよ」

ガブリエーレはそう言い捨て、自分の馬の方へ歩いて行ってしまった。入れ替わるようにしてライモンドが馬車に乗り込み、慣れた様子で私たちの向かいに座る。

「荷積みも終え、あとはマリーア様待ちでしたからね。効率重視のガブさんは待ちきれなかったのでしょう。仕方ありませんねぇ、ふふふ」

小さな窓から射す陽光が、ライモンドの眼鏡をきらりと光らせた。ライモンドがガブリエーレを急かしたに違いない。

ドアが閉まるとすぐに馬車がゆっくりと動き出した。

本来だったら、船には私たちの乗って来たルビーニ王国の馬車を乗せることもできた。しかし、帝国側からこちらで用意した馬車に乗ってほしいと要望があったのだ。そちらの馬車では、安全を約束できない、と。

つまり、帝国の情勢はまだまだ不安定で、訪問する私たちにも被害が及ぶ可能性があるということだ。

実兄レオンが皇太子になって待遇が良くなったと聞いてはいるけれど、アンシェリーンの安全は確保されているのだろうか。第一皇子だったアントーニウスは、母親は違うとはいえ、唯一の妹であるアンシェリーンを可愛がっていた。しかし、レオンはどうなのだろう。

サンデルス帝国では、第二皇子エーリクと第三皇子レオンが皇太子の座を競っていた。正妃の息子である第一皇子アントーニウスが皇太子であったが、突然、多分思い付きで旅人となり、皇太子の座をレオンに譲ったのだ。

ルビーニ王国に滞在中、彼女はアントーニウスと共に暗殺者に狙われた。それを指示したのは、エーリクなのかレオンなのかは結局わからないままなのだ。

どうか無事でいて、アンシェリーン殿下。

私はきらきら瞬く海面に広がる水平線に向かって、そっと祈った。

「第二皇子エーリク殿下は銀髪に灰色の瞳。帝国兵団の団長をされています。体格のよい、軍人らしく白黒はっきりとした性格の方とのこと。アントーニウス殿下を陥れるために手段を選ばなかったおかげで、戦力、財力、そして人望もかなりなくしまして、結果皇太子の座からは遠くなってしまいました。その隙に、水面下で力を蓄えていた第三皇子レオン殿下がうまく立ち回り、穏便にアントーニウスから皇太子の座を譲られました。ここまではおわかりですね？」

「出発前に何度も教えられたから、さすがに覚えたわ」

馬車の窓から外を眺めたまま、私は返事をした。窓ガラスに映るライモンドが目を眇めてこちらを見ている。

「皇帝は帝都の北にある離宮で過ごしておられます。ですから、我々を接待してくださるのは皇太子であるレオン殿下です。実際のところはアントーニウス殿下のお達しがあるのでしょうが」

「その言い方は……レオン殿下的には私たちをあまり歓迎していないのかしら」

「次期皇帝の座を争っている最中ですからねえ。エーリク殿下はいまだにレオン殿下の命を狙っているという噂もあります。巻き込まれないように気を付けてくださいよ」

「わかったわ。レナートの身は必ず守ってみせる」

「面倒なのでもうツッコみませんが、レナート殿下から離れないでくれればそれでいいです」

呆れ顔のライモンドがそう言うと、ずっと黙ったままだったレナートがちらりと窓の外を見やった。そこには、馬に乗ったガブリエーレが私たちの馬車と並走している。帝国に入国してからは、気の張った表情をしたままだ。

レナートはそっと腕を伸ばし、カーテンを閉めた。

「私たちはレオン、エーリクのどちらの支持もしない。距離を置いた、中立の立場を取っている。不用意な言葉尻を取られることのないよう、気を付けてくれ」

「わかったわ、レナート。肝に銘じておく」

「私の時と態度が違いすぎやしませんかねえ」

馬のいななく声が聞こえ、馬車がゆっくりと止まった。要塞のような大きな塀の中には、豪華絢爛な帝城がそびえ立っていた。がやがやと辺りが騒がしくなり、ドアが乱暴に開かれる。

「おい、着いたぞ。レナート、疲れてないか」

顔を覗かせるなり、ガブリエーレがレナートの心配をする。

「ああ、平気だ」

「長旅だったからな、こいつらと一緒は大変だっただろう」

「大変ってどういうこと」

「それに私まで含まれているのは解せませんが」

私とライモンドが噛みつくも、ガブリエーレは無視してレナートに話しかける。

「俺たちからけして離れるなよ。アントーニウスの用意した兵と言ってはいるが、エーリクの兵が忍び込んでいてもおかしくない」

「えっ、どうしてレナートが狙われるの!?」

私は馬車から飛び降り、ガブリエーレの腕を引っ張った。ものすごく嫌そうに顔をしかめながらも、ガブリエーレはきちんとこたえた。

「他国の王族に何かあったとしたら、接待している王太子の責任になるだろう。帝国のやつらは手段は選ばないって、ライモンドから聞いているだろう」

「とばっちりじゃない」

「レナートから離れるなよ」

「わかったわ」

ここそこと小声で話していた私たちの背後で、たくさんの人たちが息を呑んだような緊張感が走った。

「ミミ、飛び下りてはあぶないだろう」

眉間にしわを寄せた厳格な王太子モードのレナートが優雅に馬車から降りてきたのだ。視線だけで周りを一睨みして、不用意に近付こうとしていた帝国の貴族たちの足を止めさせる。傍らで恭しく礼をしていたライモンドが顔を上げると、レナートに何かをささやいた。いつのまにかガブリエーレは騎士たちと一緒に整列している。

ライモンドが促した視線の先で、やじ馬たちの列が二つに分かれた。黒い軍服の兵士たちに先導される、背の高い一人の男性の姿が見えてきた。

サラサラの茶色の髪に白皙《はくせき》の青年は、レナートと同年代か少し年上に見える。黒い軍服ばかりの中、彼だけが白の上品そうなクラバットをつけた貴族らしい正装をしている。アントーニウスは兵たちと同じ軍服を模した服装をしていた。てっきり帝国は軍服が正装だと思っていたので、私は意外に思った。鍛えているようには見えないものの、堂々としたその態度は威厳に満ちていた。

同じように威圧感たっぷりなレナートと対峙した青年は、下まぶたまでびっしりと生えた長いまつ毛を一度瞬かせると、にっこりとほほ笑んだ。

「ようこそ、レナート殿下。マリーア妃殿下」

そう言って、ちらりと私を見た彼の瞳はアンシェリーンと同じ深緑色だった。

「サンデルス帝国第三皇子のレオンだ。殿下とは一度会ってみたいと思っていたのだよ」

レオンの差し出した右手を冷たく見下ろしたレナートは、一呼吸置いた後に、やっと軽く握手した。

「私もだ。忙しいであろうに出迎え感謝する」

美しい二人が握手する姿を遠巻きに眺めていた貴族たち、特に着飾った令嬢たちが思わず声を上げる。レオンの背後に並ぶ兵士たちが睨むと、ざわめきが少しだけ止んだ。

レオンが私を振り返る。

「マリーア妃殿下もよく来てくれた。長旅であったろうに疲労をいっさい感じさせない、きわめて壮健なレディだ。まさに太陽のイメージ。まずはそう理解した」

レオンはそう言うと、ゆっくりと上から下まで私を眺めた後、満足そうに一度頷いた。

「妹が世話になったと聞いている」

「お世話だなんて。とっても仲良くなっただけですよ。アンシェリーン殿下はお元気かしら」

「ああ。君が来るのを待ちきれなくて、ああして城の中をうろついている」

レオンが背後にそびえ立つ城をあごで指した。示されるままそちらを見ると、二階の小さな窓で人影が動いた。あの形の良い丸い頭は！

「妹が待ちくたびれてしまう。さあ、城へどうぞ。歓迎しよう」

帝城はルビーニ王国ともムーロ王国とも雰囲気が違った。

高い天井、広い廊下。廻り縁や大きな柱に施された装飾は歴史を感じさせる厳めしさで、視界に入るものすべてが豪華だった。しかし、よく見ると壁や柱には大きな刀傷や、何度も修復した跡が残っていて、この帝城内で戦闘が繰り返されていたことが容易に想像できた。

私は前を歩くレナートにさりげなく一歩近付き、辺りを警戒した。

レナートは隣を歩くレオンと会話している。二人は和やかに話しているように見えるが、お互いの腹をさぐっているかのようだった。特にレオンがやけに饒舌《じょうぜつ》で、レナートから自分を推す言葉を引き出そうとしているようにも思えた。

レナートが安易にそんな策略に引っかかるはずがないので、放っておいても大丈夫だろう。私はレオンのそばに控える人たちの観察をすることにした。

レオンは周りに、黒い軍服の兵士はもちろん、出迎えにはいなかった数人の側近らしき男性を引きつれていた。側近たちは軍服ではなく、レオンと同じような服装をしている。その傍らに、紫紺のローブをまとった二人組が付かず離れずの距離を保ちながら付いて来ていた。

イルー婆様と同じローブだわ。ということは、彼らは呪術師……。

今のところ、ローブを着ているのはこの二人だけ。レオン付きの呪術師ということだろう。いったいどんな呪術を使うのか。私はこっそりと彼らの様子を窺《うかが》った。

彼らは深くフードを被っているので、顔や髪色などは分からない。二人とも長身だが、片方は痩せていて、もう片方はぽっちゃりと言ったところ。私の視線に気付いたのか、痩せている方がこちらをちらりと見た。そして、私と目が合うと、細い目をさらに細くして意味ありげな笑みを見せる。

思わず拳を握って構えると同時に、ティートが私の目の前に割り込んで来た。

「お嬢様、手！　下ろして！　怪しいからって、いきなり殴りかかるとか絶対ダメっスよ」

「そんなことしないわ。ただ、奴らの呪術は気合で殴ったら撃退できる場合もあるのよ」

以前、ベンハミンの呪いはそれで何とかなったことがある。しかし、ティートが顔をしかめた。

「やっぱ殴る気満々じゃないっスか」

「ティート、お嬢様じゃない。妃殿下だ」

小声でもめていた私たちの背後から、スザンナが低い声で注意をする。

「……やはり護衛の人選を間違えたような気がしますね……」

ライモンドのつぶやきが聞こえた頃、私たちはひと際立派な扉の前にたどり着いた。レオンの側近が重々しい扉を開く。

大きな窓から射す陽光に照らされた広い部屋は、先ほどまでの古めかしい厳つさを全く感じさせない、明るく静謐な応接室だった。淡い花柄の壁紙に、腰壁には繊細な金の装飾が施されている。靴が沈むほど毛足が長く柔らかい絨毯《じゅうたん》を踏みしめ、私は先頭を切って部屋に入った。

手触りの滑らかそうなビロードのソファの前には、ラベンダー色のドレスを身にまとったアンシェリーンがこちらを向いて立っていた。

アンシェリーンは、私を視界に収めるやいなや、パッと扇を開いて口元を隠す。

「遅いですわ！　わたくし暇じゃありませんのよ！」

会って早々いきなり怒鳴られてしまい、私とレナートは顔を見合わせて苦笑いした。そんな私たちの様子に更に機嫌を損ねたアンシェリーンが、いっそう眉をつり上げて声を上げる。

「お兄様もお兄様ですわ！　わたくしが待っているのを知っていて、よくもそんなに悠長に歩いて来ることができましたわね」

「ふふ、そう怒るものではない。アンシェリーン。かの大国ルビーニ王国から王太子夫妻がいらしたのだ。我が帝国で過ごしたすべての記憶を素晴らしいものにしたい、そういったイメージで案内をしていたのだよ」

「マリーア妃殿下、早くこちらへいらしておかけくださいませ。あ、レナート殿下も」

アンシェリーンはレオンの言葉に返事することなく、ひらりとスカートを翻してソファに腰掛けた。レオンはそんな妹の振る舞いに笑いながらもため息をつき、丁寧なしぐさで私とレナートをアンシェリーンの向かいの席に座るよう促した。

どこにいたのかメイドたちがあらわれ、私たちの前には温かい紅茶が差し出される。給仕を終えた彼女たちは足音も立てずにすぐさま下がっていった。皆同じように髪をきつくひっつめ、壁際で姿勢よく控えている。

「この者たちはわたくしに仕えているメイドです。毒など入っておりませんから、安心してくださいませ」

私が紅茶に手を伸ばばそうかどうしようかと迷っていたのに気付いたのだろう、アンシェリーンがそう言った。眉をひそめてツンとした表情を作ってはいるものの、声の感じはもう怒ってはいなそうだ。

まるで毒見でもするかのように、レオンがまず初めに紅茶に口を付け、ゆっくりとティーカップをソーサーに戻す。そして、ニコリとほほ笑んでから口を開いた。

「私が皇太子となってからは、以前のような荒っぽいイメージの者どもは排除したのだ。誰かの命を脅《おびや》かして得られるものなどない。私はそういったイマジネーションに基づいてこの帝国を変えてゆきたいのだ」

黙ったままだったレナートが静かに紅茶に口を付け、足を組みかえた。

「レオン殿下、此度《こたび》は私たちのために方々ご尽力いただいたこと、深く感謝する。私も新しい帝国の姿をこの目で見ることを楽しみにしていた。しばらくの間、世話になるがよろしく頼む」

「ああ、もちろんだ。我が帝国で過ごした日々が君たちの新婚旅行での最高の思い出となることをイメージしよう。私はそう理解した」

尊大なしぐさでソファのひじ掛けに頬杖をついたレオンが、目を眇めてレナートを見やった。それに動じることなく、レナートはほほ笑み返す。

「我が国の陛下に良い土産を持って帰れるよう、私もそう願っている」

ふふ、とレオンが鼻で笑った。

「……レナート殿下とは書状でしかやり取りしたことがなかった故、どのような方だろうかと思っていた。文面からするとかなりの堅物で意固地な人物のようなイメージであったが、実際にこうして会ってみると、なかなかどうして、非常にしなやかなお人柄のようだ」

レオンはそう言い、額に人差し指をあてると目を閉じた。

「レナート殿下の第一印象はまさに白百合。美しくもあり、沈静な。しかし、言葉を交わしてみたところ、そうだね、……雲。白い雲だ。レナート殿下は白い雲のイメージで理解しよう。さて、これから白い雲はどんな色に変わるだろうか。朝焼け色、夕焼けの色、はたまた雨雲、雷雲となることもあるのだろうか、楽しみだよ」

レオンはそう言って、瞑っていた目を見開き大きく一度頷いた。

レナートは顔色一つ変えずに目を細めてレオンを見つめている。

私は極めて自然に口元を手で押さえ、心の中で強くこう思った。

癖、強っ。

出会った時も感じていたが、この王太子レオン、何やら妙に癖が強い。

アンシェリーンの兄だから、もっと、こう、スマートな感じで澄ましたいけ好かない青年のイメージで理解していた。あっ、しまった。インパクトが強すぎて、思考がどんどんレオン寄りになっていってしまう。

「お兄様、不躾《ぶしつけ》にお客様を眺めるのは失礼ですわ」

スン、と冷めた表情のアンシェリーンがレオンを注意した。これはこれは、と、形ばかりの謝罪を口にしたレオンが額にあてていた人差し指で前髪をさっと払う。

こうして並んでいると、レオンはアンシェリーンとよく似ている。深緑色の瞳は上下ともにびっしりと生えた長いまつ毛で覆われていて、探るようにこちらを見つめていた。意外だったのは髪色。てっきり妹と同じ黒髪かと思っていたのに、レオンは淡い茶色の髪だった。

茶髪というよりは、金髪に茶色を混ぜたような。むしろ茶色にミルクを混ぜた……ミルクティー色？　いえ、これはどちらかと言うとカフェオレ。そうだわ、カフェオレ色だわ。そうそう、カフェオレ、カフェオレ……レオン……カフェオレ、オン……。

カフェオレオン！

覚えたわ！　カフェオレ色の髪のカフェオレオン殿下！

ふと顔を上げると、メイドを含めた全員が私を見つめていた。隣に座るレナートが目を見開いていたが、ゆっくりと手で口を押さえて肩を震わせる。

「カフェオレ……？　マリーア妃殿下、紅茶よりもコーヒーの方が好きなイメージなのだろうか」

きょとんとしていたレオンが、身を起こしてそう尋ねた。兄の言葉にかぶせるようにして、アンシェリーンがパシリと音を立てて扇を閉じた。

「カフェオレを用意してちょうだい。妃殿下がご所望よ」

アンシェリーンの声に、メイドたちがてきぱきと動き出す。

「あわわ、またやっちゃった……」

あわてて両手で口を押さえたものの、手遅れだ。気を付けていたのに、また心の声が漏れてしまった。

「可憐であり、また、自分の要望はきちんと伝える。なるほど、妃殿下は目的に向かってまっすぐに飛ぶ鳥、ツバメのイメージ。そう理解しよう」

「は、はあ……」

腑抜けた返事をした私に、レオンがさわやかな笑顔を向ける。レナートがコホン、と小さな咳ばらいをした。何となく、左肩の方に背後から厳しい視線を感じる。確かそこには、ライモンドとガブリエーレが控えていたはずだ。

私がちらちらと背後を気にしているからだろう。レオンがガブリエーレに目を留めた。

「もしや君がレナート殿下の護衛の……。イルーヴァ女史から話は聞いている。なるほど、噂通りの赤い狼……赤い……赤……うむ、イメージしていたよりもずいぶんと赤いな！」

「お褒めに与《あずか》りまして光栄です」

ガブリエーレが誇らしく胸に手をあてて礼をする。褒めているのかしら。私が首を傾げると、アンシェリーンが扇でテーブルをコツリと叩いた。

「お兄様は二杯目を飲んでいる時間はないのではありませんか？　ほら、彼がさっきからそわそわしてこちらを見ています。早く行ってあげてくださいな」

アンシェリーンはそう言い、扇で口元を隠した。部屋の扉の前では、レオンの側近らしき青年が一生懸命目配せを送っている。それに気付いていながらも無視していたらしいレオンが、仕方がないといった様子で立ち上がった。

「すまない。実はこの後、どうしても外せない仕事があってね。今夜は城に泊まってくれ。明日、アントーニウス兄上の用意した別荘へ案内する。この後は妹に任せよう。晩餐《ばんさん》までには戻る予定だ。どうぞごゆっくり」

レオンはそう言い、待ち構えていた側近たちと共に、部屋を後にした。レオンの後を側近や護衛たちがぞろぞろと付いてゆく。列の一番後ろにいた二人の呪術師が、部屋を出る直前にちらりとこちらを見て意味深に片方の口の端を上げた。

扉がしっかりと閉まる音がして、廊下からは人の気配が少なくなった。

冷めた紅茶が下げられ、テーブルには温かいカフェオレが並べられる。メイドたちが所定の位置へ戻るのを待って、アンシェリーンが少しだけ体の力を抜いて息を吐いた。

「まったく……あなたって、まだその癖が直っていないのですわね」

アンシェリーンはそう言うと、私をじろりと上目遣いで睨んだ。形の良い眉をひそめたその表情もしぐさも変わらず可愛らしくって、私は思わず頬が緩んでしまった。

「何を笑っていますの。あなたのことを言ってるのですよ、マリーア様」

「ごめんなさい。頻繁に手紙のやり取りしてたからそれほどでもないと思ってたんだけど、やっぱりこうして実際に顔を合わせると感動しちゃった。会えて嬉しいわ、アンシェリーン殿下」

私の言葉に、アンシェリーンはぱあっと頬を赤くした。そして、すぐに扇で顔を隠して目をそらす。

「レ、レナート殿下もお元気そうでなによりですわ。アイーダ様と弟殿下もご結婚なさったとか。おめでとうございます」

「ああ、ありがとう。アンシェリーン皇女も以前と比べてかなり待遇が良くなったようだ。雰囲気がまったく違う」

レナートが朗らかな笑顔で言う。アンシェリーンもそれにこたえて、柔らかな笑みを浮かべた。

「まあ、そうでしたか。確かに兄が皇太子になってからは、わたくしの環境ががらりと変わりました。レナート殿下がアントーニウス殿下に口添えしてくださったおかげですわね。やはり大国の王太子殿下のお言葉は重うございますわねえ、お言葉だけですけど。ほほほ」

「今の皇女殿下の方が好感が持てますね、私に媚びるような以前の態度に比べれば、ずっと」

お互い素敵な笑顔で嫌みを言いあう二人の傍らで、私は戸惑いつつその様子を眺めていた。

アンシェリーンはまだ怒っているようだ。レナートに、可愛げがない、と言われたことを。レナートもレナートで、兄弟げんかに私たちを巻き込んだことを未だに良く思っていない。

この二人、なかなか執念深い……。

「戯言《ざれごと》はさておき……、レオン殿下は本当に忙しいのだな。私たちのために時間を割いていただいたとは、ありがたいことだ」

レナートの言葉に返事をするように、アンシェリーンが静かに扇を閉じた。

「この国を変えていきたいと言っていたのは兄の本心ですわ。常に侵略と内戦をしてきた我が国は疲弊しておりました。だから、兄が皇太子になったことは国民には概ね好意的に受け入れられております。ですが、アントーニウス殿下の時代に帝国に属することを強要された国や地域には、まだまだ反感を持つ者たちが多くおります。兄はそういったところに実際に足を運んで折衝しているのですが……対話の場を設けることも拒否されている地域もございます。兄の理想とする国になるには、まだまだ時間がかかりますわ」

アンシェリーンはそう言うと、膝の上で扇をコロリと転がした。長いまつ毛の下で、緑の瞳が揺れている。

「へええ。レオン殿下もああ見えて、苦労してるのね」

「ぶはっ」

私のつぶやきに、どこかから噴き出す声が聞こえた。

よく見れば、ソファに腰掛けるアンシェリーンの後方に、ローブを着た人物が控えていた。フードを深くかぶっていて顔はよく見えない。全く気付かなかったけれど、そういえばずっとそこに立っていたような気もする。

「ライモンド様に匹敵する気配のなさ。一体、何者？」

私が驚きおののくと、背後からライモンドに睨まれた。

「そうですよね。俺なんかその辺の絨毯の毛束みたいなもんですから。視界に入ってたってどうせ誰の記憶にも残りやしないんです」

「そ、その卑屈な物言いは……！」

ゆっくりと上げられたフードから、見覚えのある黒みがかった灰色の髪があらわれた。長い前髪の下では、朱色の瞳がこちらをのぞいている。

「お久しぶりです、マリーア妃殿下」

「ベンハミンさん！」

私がそう叫ぶと、背後でガブリエーレが身構えた。

ベンハミンは、帝国の呪術師だ。アンシェリーンの指示で私に嫌がらせをしていたけれど、最終的にはなぜか私の危機を救ってくれた。彼の茶色に近い朱色の瞳は、呪術を使うと深紅に変わる。

本人は、ただの催眠術、と言っていたけれど、水をワインに替えたり、植物を枯らしたり、と、不思議な能力の持ち主だ。目に見える物理的な攻撃をしてこない分、得体のしれない怖さがある。

「俺の名前、覚えてくれてたんスね。そりゃあそうか、俺なんて誰がどう見たってただの不審人物ですしね……」

そして、すっごくネガティブ。

「ベンハミンさん、軍服よりもそのローブの方が似合ってるわ」

「あれは、急遽《きゅうきょ》無理やり着せられたんです。俺みたいな役立たずは呪術師として認められないっていう意味ですよ」

そう言って、はあぁ、とため息をつくベンハミンを、アンシェリーンがギロリと睨む。

「そういった物言いはやめなさいって言ってるでしょう。あなたを重用しているわたくしまで貶《おとし》めるつもりなのかしら」

「はいはい、すんませんね」

怒られたベンハミンは形ばかりに頭を下げ、再びため息をついた。

そんな二人のやり取りを真顔で見ていたレナートが静かに口を開く。

「その節はミミが大変世話になったようだな」

「えっ、と、いえ、そんな大層なことは」

冷めた表情のレナートに声をかけられ、さすがのベンハミンもうろたえていた。姿勢を正し、しどろもどろながらも丁寧に返事をする。

「いつか礼をしなければとは思っていたのだが、なかなかその機会がなくどうしたものかと思っていた」

「いえ、本当に俺は……。罰を受けるならまだしも、感謝されるようなことは何も」

「なるほど、罰されるようなことをした自覚はあるのだな」

「げっ」

「ミミを害そうとした件については不問とする代わりに、頼みたいことがある」

「マジで……」

ベンハミンはローブの袖で口元を隠し、アンシェリーンの背後に隠れた。

「ちょっ、姫さん助けて。やっぱりあの王太子こえーよ」

「自業自得でしょう。おしゃべりなあなたが悪いのではなくて？　レナート殿下は危険なことはさせないでしょうから、聞いてさしあげたら？」

「ひぇーそんなぁー」

アンシェリーンはそう言うと、扇を広げて楽しげに笑った。両の袖で顔をかくしたベンハミンは、目だけ出してわざとらしく震える仕草をした。

その気になればきっと逃げられるだろうに、ベンハミンはレナートの様子を窺っている。怯えるふりをしてこの状況を楽しんでいるようにも見えた。

「あ、あの、レナート。その件は私を助けてくれたことでチャラに」

私の言葉を遮《さえぎ》るようにして、レナートは軽く手を上げると美しくほほ笑んだ。

「レオン殿下に従っている呪術師の能力について知りたい。教えてはもらえないだろうか」

レナートはそう言うと、先程のレオンのように肘掛けに頬杖をつき長い足を鷹揚に組んだ。

ベンハミンがぱちくりと目を瞬《しばたた》かせ、アンシェリーンが形の良い眉をひそめた。

彼らは今はレオン派に属している。レオンの庇護のもとにいる彼らが、主の弱点ともなりうる情報をもらすだろうか。

今のところレオンは私たちに友好的な態度を取っている。しかし、彼らは次期皇帝の座を得るためなら手段を選ばない人たちだ。いつ手のひらを返されたっておかしくはない。こちらとしては得体の知れない呪術師の情報は確かに知りたいところだ。

だからと言って、こんなにもストレートに尋ねていいものなのかしら。

私はそわそわと目の前の三人の顔を見回した。

レナートは笑みを浮かべたまま返事を待っている。

黙っていたアンシェリーンはベンハミンの顔を見やった後、ぷい、と横を向いてしまった。それを合図に、ベンハミンが苦笑いし、顔を隠していた手を下ろした。

「いいですよ、教えましょう」

ベンハミンがクマのある目を弓なりに細め、意味深に笑う。

「レオン殿下に従っている呪術師は二人。挑発的に殿下たちを見ていたあいつらですよ。痩せている方がメダルド、ぽっちゃりしてるのがレミージョ。二人は精神攻撃を使う、やっかいな呪術師ですよ」

「精神攻撃？」

思わず声を上げた私の隣で、レナートも驚いた表情をしている。

腕を組んでこちらを見ているベンハミンは、口元に笑みを浮かべているものの、ふざけているようにも、また、嘘を言っているようにも見えなかった。

精神攻撃とはいったいどういうものだろう。髪飾りで殴ったら回避できるものだったらいいのだけれど。

「精神攻撃、とは、具体的にどのようなものなのだ」

戸惑いつつも、レナートが問いかける。横を向き目をそらしていたアンシェリーンが顔をしかめ、渋々口を開いた。

「そこまで徹底的に秘匿されているわけではありません。教えて差し上げなさい、ベンハミン。もし回避できる方法があるのなら、わたくしも知りたいですし」

アンシェリーンはもごもご言いにくそうにそう口を開いた。いつも澄ました表情の彼女がめずらしく眉をひそめ、口を歪めている。レオンの呪術師はそんなにすごい能力を持っているのだろうか。

アンシェリーンから許可を得たベンハミンがローブの袖をひっぱり、姿勢を正した。一度床に視線を落とした後、覚悟を決めたようにきりりと眉を上げる。

「まずはメダルドの呪術、それは……」

「それは……？」

私の喉がごくりと音を立てる。膝の上で拳を握った。

「あいつの呪いは、静電気」

「静電気」

「結構強めにパチッとなる」

「強めに」

「気を抜いている時にしかけてくるから、ビクッとする」

「地味にすごく嫌だわ」

私がそう言うと、隣でレナートが頷いた。後ろに控えるライモンドたちまでもが頷いている気配がする。

全員が言葉を失っている様子に満足したのか、ベンハミンがニヤリと口の端を上げた。

「どちらかと言うと、メダルドよりもレミージョの能力の方が面倒だ。レミージョの呪いは……、ポエム」

「………ポエム？」

ベンハミンの言葉をそっくりそのまま返した私が首を傾げると、微妙な空気が流れた。誰一人として口を開かない。アンシェリーンでさえも、気まずそうに眉をひそめたままうつむいてしまった。

全員がベンハミンの言葉の続きを待っている。

「レミージョの呪いにかかると、どんな奴だって話すことが全てポエミーになる。そう、まるで吟遊詩人がごとく、詩を紡ぎ始めてしまうんだ」

「な……なんて恐ろしい呪いなんだ……」

そうつぶやいたのは、ライモンドだ。彼と共に並ぶ護衛騎士たちもまた、ざわざわとざわめいている。壁際に控えているメイドや兵士たちは、皆一様に青ざめている。ベンハミンの言葉は真実のようだ。

ベンハミンがさっとすばやく腕を上げると、着古したローブがばさりと翻った。

「恐ろしいのはそれだけじゃない。呪いが解けた後にもしっかりとその記憶は残っているんだ。ポエムを詠《うた》った本人も、聞かされた方も」

「な、何ですって……！」

私は両手で頭を抱え、ソファに深く沈んだ。

詩人でもないのに発する言葉が全てポエミーになるだなんて、嫌すぎる。しかも、私は学生時代の作詞の授業では、教師に失笑されたことしかないのだ。絶対にかかりたくない、その呪い。

「確かに精神的ダメージが大きすぎて、戦意を喪失しかねないわ。レミージョ……とんでもなくおそろしい呪術師」

そして、そんな呪術師を従えている皇太子レオン。私が今まで出会った中で最強の敵となるかもしれないわ。

私は胸に手をあて、呼吸を整える。王族、皇族には呪術を仕掛けない、とは言っているものの、信用はできない。けして油断しないようにしなければ。

「…………しゃべらなければいいだけでは…………」

呆れ顔で深いため息をついたレナートが、誰にも聞こえないほど小さな声で、そうつぶやいた。


「まあ！　それで、その後はどうなさったの⁉」

「落ち着いて、アンシェリーン殿下。いい？　話はまだまだ続くのよ。驚いたロザリア様がそのおっきいエビを浮き輪で、ばっちーん、って叩いたと思ったら！」

ソファから勢いよく立ち上がった私は、浮き輪を握るフリをした両手を振りかぶり、思い切りフルスイングした。

「そのエビが空高く舞い上がって、舞い上がって、まぶしい太陽の下で逆光を浴びて飛んでゆく！　おおっと、思ったよりも遠くへ飛んで行ったぞ！　まだ飛んでいく！　飛距離が伸びる！　伸びるー！　……スターン！　っと、決まった！　着地が決まったー！　バーベキューの網の上へきれいに着地が決まりました！」

高くジャンプした私は、腹ばいになって床で受け身を取った。そして、その勢いできれいにエビぞりになる。

広い応接室にたくさんの笑い声が響いた。

高く空を飛び網へ着地したエビの真似をした私を見て、アンシェリーンやレナートを含め部屋にいた全員が笑っている。メイドや護衛騎士たちは、リラックスした様子で床に座っている。帝国の兵士に至っては、お腹を抱えて笑い転げている者までいた。

私はすっくと起き上がり、今度は床に上品に横座りした。

「私たちも皆驚いちゃって、大きく口を開けたものの声も出なかったわ。でもね、さすが国一番の淑女、アイーダだけは違ったわ。パラソルの日陰でこう淑やかにほほ笑んでいるの。驚かないのね、って感心したら、何て言ったと思う？」

レナートがあごに手を置いて首を傾げる。アンシェリーンは閉じた扇をこめかみにあてて目を瞬かせた。

「アイーダったらね、とびっきりの笑顔でこう言ったの。長年ミミと一緒にいるんだもの、これくらいのこと日常茶飯事よ。……ですって！　それって、どういう意味なのかしら！」

私がアイーダの真似をして言うと、また大きな笑いが起きた。アイーダを知らないはずの帝国のメイドたちにもウケている。

アンシェリーンは呆れつつも、楽しそうに笑っていた。

彼女もまた、文通だけではなく、こうして顔を合わせて何気ない会話をすることを楽しみにしていてくれたようだ。私がロザリアたちと海水浴へ行った話をしたら、興味津々でその詳細を尋ねてきたのだ。だから、私は身振り手振りを交え、バーベキューの食材だったロブスターの活きが良すぎて逃げ出した話をしたのだ。

立ち上がってドレスを直し、私はレナートの隣に座り直す。

「何度聞いてもミミの話は愉快だな」

レナートがそう言いながら目元を拭った。厳格な王太子のイメージが台無しである。

「アンシェリーン殿下、お部屋の用意が整いました」

「まあ、いいところだったのに」

部屋に入って来た兵士にそう声をかけられ、アンシェリーンが残念そうに頬を脹《ふく》らませた。めずらしく幼く愛らしいしぐさに、見ている者たち皆の頬が緩む。

「荷物の片付けが済んだようですわ。お二人ともお疲れでしょう。客室へご案内いたしますわ」

そう言って、アンシェリーンが渋々立ち上がった。床に座っていたメイドや兵士たちもあわてて立ち上がる。

扉へ向かったアンシェリーンが急に立ち止まり、ゆっくりと振り返った。

「……あなたたち、エーリク殿下とも面会予定と伺いましたが」

そう問われ、レナートが後ろに控えるライモンドに目配せした。すぐにライモンドが前に出る。

「はい。エーリク殿下とは、別荘へ到着した夜に会食予定でございます」

「そう……」

アンシェリーンは一度目を瞑った後、ゆっくりと息を吐いた。長いまつ毛の下から、宝石のような瞳が少しずつ姿をあらわす。

「エーリク殿下の元には呪術師はおりません。あの方は、とにかく武力で何でも押し通す性格です。対話など無駄なのです。勝者が全てを牛耳ることができる。そういう考えの方です。ですから、手段は選ばず兄の命を狙ってきているのです。どうか、巻き込まれることのないよう、お気をつけくださいませ」

アンシェリーンの短い前髪の下で、戸惑い気味に眉根が寄った。

彼女の話を聞いた私は胸に手をあて、ほっと息を吐いた。

「そう……拳で語り合う《話せばわかる》ことのできる方で安心したわ」

「あなた、わたくしの話を聞いてましたの？」

ぎりりと私を睨むアンシェリーンの隣で、ベンハミンが爆笑していた。

そっと私の腰のリボンを摑んだレナートが涼し気な笑みを浮かべる。

「そうか。ミミ、いや、むしろティートたちと気の合いそうなお方のようだな。ご忠告痛み入る、アンシェリーン皇女。我々は大丈夫だ」

「別に、わたくしは何も。兄を後見してくだされば、それでいいのですわ」

アンシェリーンはそう言って、ぷいっと顔を背けると、さっさと部屋を出てしまった。ほんのり赤くなった彼女の耳を見て、私はこっそり笑ってしまったのだった。

「ねえ、ティート。スザンナ。気付いているでしょう？」

「何スか、お嬢様」

「ティート」

案内された客室はとても広く、一泊だけだというのに、居間の他に寝室、私とレナートそれぞれの部屋までついていた。荷物の整理を口実に、私はティートとスザンナを連れて与えられた自分の部屋に入った。クローゼットには今夜の晩餐で着るドレス、明日の移動で着るドレスがすでに用意されている。

「靴音のことっスよね？　妃殿下」

ようやく「妃殿下」と言えたティートに、スザンナが満足そうに頷く。

「一人、いや、二人。我々の人数に対して靴音が多かったと思います」

直立し報告の姿勢を取ったスザンナに、今度は私が頷いた。

「そう。やっぱり気付いていたのね。さすが我が家の弟子だわ」

ドレスと共に掛けられていた帽子を手に取り、私は二人を振り返った。

「でも、姿は見えなかった。いつ仕掛けてくるかと思ったけれど、結局、階段を上りきったところで靴音もなくなった。襲撃よりも、盗み聞き目的って感じかしら」

「靴音だけで俺たちに気配を感じさせないって、けっこうな手練れかもしれないっスねえ。完全に姿を消すことのできる呪術師がいるってことか」

「アンシェリーン皇女が嘘を言っていないのならば、エーリク皇子には呪術師はいない。ならば、レオン皇子でしょうか。我々の動向を探って……」

スザンナが腕を組んで天井を見上げる。きれいに手入れされた帽子のつばを撫で、私は目を瞑った。

アンシェリーンには、エーリクに呪術師がいないと嘘を言って私たちを油断させる理由がない。彼女はレオン派だ。どちらかと言うと、エーリクを倒してほしいはずなのだ。

「そうね。私もレオン殿下が怪しいと思うわ。やっぱりあの人は少なくとも味方とは言いにくい。私たちがエーリク殿下におもねるような姿勢を見せたら、何をしてくるかわからない。レナートたちも彼を信用してはいないようだけれど、私たちも気を抜かないようにしましょう」

「押忍《オス》」

「は」

ティートとスザンナが胸に手をあて、同じ角度で礼をした。

日が暮れて、面倒だったけれどドレスを着替えて晩餐に向かった。ぞろぞろと並んで歩く中、先程の不審な靴音はない。

靴音のことは既にレナートとライモンドに報告してある。ガブリエーレ始め護衛や侍女たちにも共有されているようだ。

「…………」

「…………」

おかげで誰一人口を開かない。

とびきり賑やかに訪問してきた私たちが急に静かになり、案内役の帝国兵が戸惑っていた。

晩餐室の扉が開くと、既にレオンとアンシェリーンは着席していた。昼間と同じように、レオンは肘掛けに頬杖をつき、足を組んでいる。非常に横柄な態度のようにも見えるが、その姿はとても様になっていた。

「今夜のメニューはまさに真夏のビーチのイメージ。妃殿下は海のない国で育ったと耳にしたので、海産物がめずらしいのではないかと理解した。気に入ったものがあれば、別荘の方にも送っておこう。とりわけ新鮮なものをね、フフ……」

レオンはそう言って意味深に片方の口の端だけを上げたが、言ってることはただの親切だ。私はありがたく目の前の食事を美味しくいただいた。海産物は好物なのだ。

「おいしーい。見たことのない貝がたくさんあるわ」

もぐもぐと口いっぱいに頰張ってそう話す私を見て、アンシェリーンは顔をしかめているが、紫色の大きな魚のムニエルが載った大皿を私の方へ移動させるように給仕に伝えてくれた。

「今夜の晩餐は、お兄様が全て手配させましたのよ。マリーア様のために、取れたての魚を用意するように、と」

「ありがとうございますっ！　とってもおいしいわ！」

そうお礼を言った私の口を、レナートがそっとナプキンで拭ってくれた。よく見れば、さっき私が一口でパクッと食べた大きな貝が、レナートのお皿の上では三等分に切ってある。

もしかして、私ったらまたマナー違反を……？

「そんなことはない。美味しくいただくことが、一番のマナーだよ」

レナートは優しくほほ笑み、貝の小さなかけらを口に運んだ。その品の良さと、やっぱり切り分けて食べるべきだったという後悔と、またしても心の声が漏れたことの恥ずかしさで私の手がわなわなと震えた。

「我が帝国の食事を楽しんでもらえて私も光栄だ。別荘は南の方角にある。海も近い。海岸は王家のプライベートビーチとなっているから、のんびりと羽を伸ばしてもらいたい。そういったイメージだ」

スラスラと一気にそう述べたレオンは、満足したようにワイングラスに手を伸ばした。

「あのう、レオン殿下」

食べる手を止めることなく、私はレオンに尋ねた。

「モグ……殿下は様々なイメージを大切にされているんですね。モグ」

食事を運ぶメイドたちや壁側に控える護衛たちが息を止めた。室内がしんと静まりかえる。アンシェリーンがまばたきを忘れたかのように目を見開いていた。

「私もそれは気になっていた」

フォークを持つ手をそっと下ろしたレナートがそう言い、さらに空気が冷えた。

だって気になるんだもの。仕方がないじゃない。

私はまっすぐ前を向いてレオンのこたえを待った。

「そう、よくぞ聞いてくれた」

機嫌を損ねたらどうしようかと思っていたが、意外にもレオンは身を乗り出して自分のことを語り始めた。

「イマジネーション、それは問題を解決するための最適解。私は自分の心に真摯《しんし》に向き合い、従っているのだ。政治とは確かに様々な駆け引きや根回しが必要ではある。しかし、私はあえてその瞬間ごとに浮かぶイメージを大切にしている。心の赴くままに。こうして私は皇太子の座まで登りつめたのだよ」

上機嫌のレオンはグラスに残っていたワインを飲みほした。それを聞いたレナートもそっとワイングラスに口を付ける。

「ふむ、それについてはある意味同意する。直感に従った方がいい結果に結びつく場合も大いにある」

意外にもレナートに肯定され、レオンはことさら嬉しそうにほほ笑んだ。

「今の私には、自分が皇帝となっているイマジネーションしかない。ふふふ、私が皇帝となった晩には、まっ先にお二人を招待しよう。また、こうしてファンタスティックな晩餐を楽しもうではないか。ははは、……あっはっはははははは」

レオンは高らかに笑い声を上げた。

アントーニウスともアンシェリーンとも違う。レオンはひと際個性的だ。力技で皇太子の座をもぎ取ったわけではない。卑怯な手を使ったわけではない。しかし、どこか強引で独りよがりなところは、とても帝国の皇子らしく感じた。

だからこそ、レナートを利用しようとしているのではないかと邪推してしまう。そっと様子を窺えば、やはりライモンドも同じようにじとりとレオンの様子を窺っているように見えた。

――私たちはレオン、エーリクのどちらの支持もしない。不用意な言葉尻を取られることのないよう、気を付けてくれ。

私はレナートの言葉を思い出す。

私のうっかり不用意な発言でルビーニ王国の未来が変わってしまっては大変なことになる。気を引きしめなければ。

レナートの身を守る。

それが今回の大切な私の役目。

私はレオンからけして目をそらすことなく、大きな大きなロブスターにかぶりついた。

「へ？　新婚旅行っスよ。レナート殿下とイチャつくのがお嬢様の役目じゃないっスか。なあに言ってるんスかぁー」

あはははは、とティートが笑った。

何事もなく晩餐が終わり、私たちは部屋に戻った。レナートはライモンドたちと、明日以降のスケジュール確認をしている。私とティート、スザンナは居間でのんびりレナートの帰りを待っていた。

「い、いちゃつ……そうだったわ。私、新婚旅行に来ているんだったわ。すっかり王太子レナートの護衛のつもりでいたわ」

「お気持ちはわかります。妃殿下はバルトロメイ殿下始め、ムーロ王国王族の護衛を懸命に務めていらっしゃいました。無理もありません」

胸に手をあて慇懃に礼をしたスザンナがそう言うと、すっと顔を上げた。

「しかし、今回の旅は私とティートが常にお傍についております。ルビーニ王国近衛騎士団とも事前に綿密に打ち合わせ済みでございます。彼らは非常に優秀で我らも全幅の信頼を寄せていますので、安心してレナート皇太子殿下と存分におイチャつきください」

「おイチャつき」

「要するにぃ、お嬢様が前に出てくると面倒だからやめてください、ってことっス」

「ティート、妃殿下だ」

「メンゴ」

スザンナに叱られ、ティートがぺろっと舌を出す。ひと際大柄な男が舌を出したところで可愛いわけがない。

「そうね。ごめんなさい。今まで守られる側になったことがないから、どうしたらいいかわからないの。こうして遠慮なく叱ってもらえると助かるわ」

私は肩をすくめて言った。スザンナが緑色の瞳を細めてほほ笑む。

「妃殿下は王族になっても変わりませんね。素直に謝って教えを請うことができるのは、あなたの美点です」

「え、えへ」

子供の頃から一緒に鍛錬をしてきたスザンナに褒められて、私は照れながら頭を掻いた。

「えっと、じゃあ、ついでにもう一つ気になってることがあって。確認してもいいかしら」

「？　どうぞ」

スザンナとティートが同時に首を傾げた。

「イルー婆様のことなんだけど……」

晩餐も終わりに近付いた頃、レオンが言ったのだ。

『我が帝国屈指の呪術師であるイルーヴァ女史からマリーア妃殿下の話はよく耳にしていた。イルーヴァ女史も妃殿下に会えるのを楽しみにしていたよ。是非とも会ってやってほしい』

アントーニウスと一緒にルビーニ王国へやって来た呪術師、イルーヴァ。かなり高齢な彼女は最近はほとんど昼寝して過ごしているらしいけれど、得意の天気予報の精度は以前通りとても高いそうだ。

そんなイルーヴァが言っていたとある言葉が、今でも私の心に引っかかったままなのだ。

「イルー婆様って私の事を狸の娘って呼ぶんだけど……」

「ぶはっ」

遠慮なくティートが噴き出し、スザンナにわき腹を突っつかれた。

「狸って、ほら、ずる賢いとか、腹黒い人のことを言うじゃない？　私の事をそういう風に思っているのかしら」

スザンナとティートが顔を見合わせた。そして、ティートが不思議そうな顔をしてこたえる。

「お嬢様に限ってはそんな印象あるわけないっス」

「じゃあ、やっぱり……！」

私は両手で顔を覆って床に跪いた。そんな私の姿など気にする様子もなく、ティートが続ける。

「狸ってあれっスよ。庭にある狸の置物」

「うわ――――ん！」

私は声を上げて床に突っ伏した。

「おい、ティート」

「いいの、スザンナ。庇《かば》わないで。私だって分かってるのよ。そうよ、最近、私……また太っちゃったのよ！　あの狸の置物のようにお腹が出てるのよー！　うわ――――ん」

「お嬢様。そんなの出てるうちに入んないっスよ」

「ティート、妃殿下だ」

スザンナ、ツッコむのはそこじゃないわ。私はさらに声を張り上げて泣いた。

「うわわわ――ん。それはお腹が出ているってことだわー」

「妃殿下は太りやすい体質ですからねえ」

「だって、だって、足にウェイトをつけて負荷をかけるのも禁止されてしまったし、王家の皆さんの朝食を待たせるのが忍びなくって朝練は早めに抜けるし。そうよ、分かっていたのよ、私がまた太ってきてるって。だって、海水浴でロザリア様が用意してくれた水着！　私のだけ！　どう見たってアイーダたちよりやけにサイズ大きかったもの――！」

スザンナが泣き叫ぶ私の背中をさすってなぐさめてくれる。

「妃殿下は普通のご令嬢よりも筋肉量が多いのですから、仕方がありませんよ」

「ううう、別荘に海があるって聞いたから張り切って水着を持って来たけど、とても着れないわ。レナートにそんな姿見せられない」

「あの殿下ならお嬢様がどんな姿だろうと、たとえ狸だったとしても、可愛いって言ってくれると思うっスけど」

「狸って言ったわー！」

「ティート！　妃殿下だ」

「悪かったっス。じゃあ、こうしましょ。明日の朝練。いつも通りお嬢様も参加するんでしょ。俺とスザンナはアンノヴァッツィ家式の鍛錬に付き合いますよ。短時間で運動量を増やして、別荘に滞在中に何とかお腹ひっこめましょ」

「妃殿下、それについては全面的に助力いたしましょう。我々も師範代に稽古をつけてもらえるのは有難い限りです」

「ティート、スザンナ……」

「お嬢様」

「妃殿下だ」

私は床に突っ伏していた顔をゆっくりと上げた。

「二人とも、ありがとう。明日の朝から頑張るから、相手をしてちょうだい。……でも、せめて一人くらいは、お腹は出てなんていないって言ってほしかった……」

倒れ込みそうになる体を支えて床に右手をついたら、部屋の扉が開く音がした。

「ミミ。待たせてしまってすまない」

「いいえ。スケジュールの確認は終わったかしら」

扉が開いた瞬間に、私はソファに飛び移り、ティートとスザンナはすばやく私から規定の距離を取って整列した。優雅にソファに腰掛けた私が余裕のある笑顔で振り返る。

レナートはそんな私たちを見て、優しくほほ笑んだ。

「ああ、他国を忙《せわ》しなく回っていたからね。ミミにゆっくりと過ごしてもらいたくて、ライモンドたちと予定を組み直したんだ。一緒に海に遊びに行こう」

「一緒に!?　楽しみだわ」

「ミミに新作の水着を送ったとロザリア嬢から聞いている。流行の最先端を行くミミが砂浜を元気に走り回っているのを見るのが、私もとても楽しみだよ」

「う、ううっ。レナートの善意が私を追い詰める」

「お嬢様、堪えて」

レナートの屈託のない笑顔にいたたまれなくなって、私は頭を抱えた。ティートが小声で励ましてくれたので、何とか起き上がる。

「そ、そうね……ああ、そうだわ。私、疲れちゃったから、もう寝るわね。明日も朝練で早いし」

私はレナートに気付かれないように、そっとスザンナとティートに目配せした。二人はとても自然に頷いてくれた。

レナートが心配そうに眉を寄せ、私の肩に手を乗せた。

「あなたが疲れたと口にするだなんて、心配だな。私はライモンドともう少し打ち合わせがあるんだ。気にせず先に休むといい。スザンナとティートも、部屋に戻っていい。一日ずっと付きっ切りで疲れたであろう。部屋の外には夜の当番の護衛騎士たちが控えているから大丈夫だ」

レナートは私だけでなく、スザンナとティートの体調まで気遣ってくれた。二人は深く頭を下げ、静かに部屋を去って行った。

「……ありがとう、レナート。おやすみなさい」

「どういたしまして。ミミ、ゆっくりおやすみ」

レナートはそう言って、慣れた様子で私の前髪をよけると、あらわになった額に軽くおやすみのキスをした。これは毎日恒例の寝る前のあいさつ。私はまだまだこれに慣れない。もしかしたら、一生慣れないいんじゃないかしら。レナートがやたらと楽しそうなのは、私のそんな態度のせいかもしれない。

私が寝室に入り扉を閉めると、居間にライモンドがやって来る気配がした。きっと私が去るまで待っていてくれたのだろう。気遣いのできる側近に感謝して、私はベッドに入り目を閉じた。


別荘は、小高い丘の上にあった。広い海を見下ろすのに最適な場所を選んで建てられている。視界を邪魔する建物や山や木々もなく、首をぐるりと回してもまだまだ足りないほどの見晴らしの良さで、水平線がどこまでも続いていた。

帝国が用意した馬車に乗りこの別荘のある小さな町へ連れて来られた。町の繁華街を越えると、大きな川を渡る橋が架かっていた。橋を渡ればそこからは皇家の土地となるのだそうだ。だから、走り回ろうが追いかけっこをしようが、好きにしていいと許可をいただいた。

「さすがに追いかけっこはしないわよ、多分」

私はつぶやいた。

広いテラスから海を眺めていると、時間なんてあっという間に過ぎてしまう。

碧い海は小さな波がいくつもできては消え、打ち寄せては返り、時折海鳥を飲み込もうとしてはすぐに吐き出していた。

「ミミ、あまり乗り出して見てはあぶないよ」

背後から笑いを含んだ声が聞こえた。振り向くと、上着を脱ぎクラバットを外したシャツ姿のラフなレナートがいた。

「だって、いくら見ても飽きないんだもの」

「そんなに喜ぶのなら海辺の町に城を買っておくのだった」

「いつも思うけど、レナートはお買い物の規模が大きすぎるわ」

私の言葉に不思議そうに首を傾げた後、レナートは私の腰に手を回した。正確に言うと、私の腰に手を回すふりをして、腰のリボンをしっかりと握った。

「皇都はすごく広くてお店がたくさんあって、楽しかったです」

「ああ、そうだな。国が変わると街並みも雰囲気も違ってついつい目を奪われてしまうようなものも多くある」

「私もです。私はほとんどムーロ王国から出たことがなかったから、ルビーニ王国に留学したばかりの頃もこういう感じだったなって……懐かしいわ。めずらしいものを見ると、これはアイーダに、とか、これはプラチド殿下に、とか、これは陛下にぴったり！　王妃様はもっと派手なものを、ってお土産がどんどん増えてライモンド様に怒られちゃいました」

私はテラスの手すりに手を置いて、海の向こうを眺めた。

「こんなに毎日楽しいのに、考えることは、早く帰りたい、ばっかりなんです。おかしいでしょ。早く帰って皆にお土産を渡して、道中の話をしたい。それでね、私、気付いたんです。えへへ」

照れ笑いして口ごもる私を、レナートが優しくほほ笑んで続きを促す。

「私が帰りたいのはルビーニ王国。すっかり実家のことなんて忘れちゃってたわ。……結婚するってこういうことなのね、レナート」

そう言って私が見上げると、レナートはにこりと笑った。それはとても自然な微笑みで、人前での王太子スマイルではなく、私だけが知っている表情だった。

「そう言ってくれてとても嬉しいよ、ミミ。……でも、私は……」

レナートもまた、そっと手すりに手を置いた。私から目をそらすと、遠くの海をぼんやりと見つめる。

「私は王太子であり、将来国王になる。あなたには多くの苦労をかけるだろう。だからこそ、たくさんの帰る場所を作ってほしいと思っている。ムーロ王国内はもちろん、たくさんの居場所、たくさんの友人たち。あなたの心の拠り所となるところをね」

レナートはゆっくりと、私に言い聞かせるようにそう言った。

今まで訪れた国々、出会った人々。私の頭の中に、様々な思い出がよみがえる。

私はレナートの横顔を見上げた。バランスの良い高い鼻、長いまつ毛。ふわりと前髪が風に揺れて、空色の瞳があらわになる。

手すりに乗っているレナートの手に、私はそっと自分の手を乗せ、そして、ぎゅうっと強く握った。

「ありがとう、レナート。そうさせてもらうわ。でもね、私の一番帰りたい場所、それから心の拠り所となるところ、それは、レナートよ。忘れないで」

思い浮かべた人々の中で、一番最初と最後はやっぱりレナートだった。

レナートは驚いて一瞬目を見開いた後、ゆっくりと口の端を上げた。

「ミミ……ありがとう」

「ずっと一緒にいるわ、レナート」

レナートが私の肩を寄せ、ぎゅうと抱きしめる。

私はレナートの胸に頬を押し付け、目を閉じた。

海が近いから、潮の香りがする。トクトクと規則正しいレナートの鼓動と、遠くから聞こえる波の音が混ざり合って融けてゆく。

「ねえ、レナート。ライモンド様と打ち合わせしてきたんでしょ。エーリク殿下とは連絡が取れたの？」

「エーリク殿下は帝城にはいないのだそうだ。どうやら自分の領地にある城に滞在していて、私たちが別荘に滞在している最終日近くに皇都に到着するらしい」

「そう。アクの強いレオン殿下だけでお腹いっぱいだから、別に会わなくてもいいけど」

「はは、気持ちは分かるが、そういうわけにはいかないんだ」

レナートはそう言うと、私を抱きしめる腕の力を強めた。

「レオン殿下を優先していると思われるとやっかいだ。そうなるとエーリク殿下が何をしかけてくるかわからないからね。向こうも私たちの動向によって出方を測っているのだろう。実際に会う機会を得られなかったとしても、こちらからは面会の希望を出し続ける」

「ねえ、アンシェリーン殿下のお話、覚えてる？」

私が思い出し笑いをすると、レナートがぱちりと瞬き、同じように笑った。

「ああ、あれは意外だったね」


――――この別荘までは、レオンとアンシェリーンが一緒に案内をしてくれた。

別荘に着くと、レオンはカフェオレを二口程飲みすぐに帰って行ってしまった。

「この近くには、属国となったばかりの地域が多くあり……その中の一つには、まだ帝国に従うことに抵抗している者たちがおります。近々その地域で伝統的な祭りが行われるらしいのですわ。そのまま反乱を起こす決起集会になどなっては面倒ですから、兄は早めに手を打つために何度もその集落へ足を運んでいるのです」

そう話したアンシェリーンは、はちみつをたっぷり入れたカフェオレに口を付けた。つんと澄ましてはいるものの、どこか浮かない彼女の表情に、レオンがその地域の制圧に苦労していることが窺えた。

「平和的に国を治めようとしているレオン殿下は立派な方ね。アンシェリーン殿下のことも大切にしてくれているようだし。兄妹仲が良さそうで安心したわ」

私がそう言うと、アンシェリーンの顔がますます曇ってしまった。

「……仲が良さそうに見えるのね……。そうね、今の兄はわたくしを重用してくれて、そばに置いてくれています。でも、わたくしにはやっぱり兄はどこか距離を置いているようにも感じているのです。それは、多分……以前はわたくしがアントーニウス殿下の元にいたからなのでしょうけれど……」

アンシェリーンは、手のひらの上で扇を転がす。深緑色の瞳に影が落ちる。

「わたくしたちの母は第二側妃です。皇太子は早い時期にアントーニウス殿下に決定しておりましたので、わたくしたち兄妹は帝位に関係なく、離宮でのんびり暮らしていました。しかし、それも幼い時まで。母を唆《そそのか》し、わたくしたちを表舞台に上げようとする勢力がありました。そこにはわたくしたちの意思なんて関係がなく、否応なしに皇太子の座をめぐる争いに巻き込まれました。陰謀と暗殺の絶えない日々。当事者である兄は当然全ての人を疑いの目でしか見ないようになってしまっていました。そうして、いつしかわたくしと兄の間には距離ができていたのです」

アンシェリーンの長い黒髪が肩からはらりと落ちて、揺れている。

のん気に、仲が良さそう、なんて言ってしまった私は深く反省した。隣に座るレナートも、黙ったまま会話の続きを待っている。

「そうだったのね。二人が安心して安全に暮らせるようになるといいんだけど……」

私はありきたりな慰めを口にした。気の利いた一言も出てこない自分に嫌気がさして、私は自分の頭をポカポカ殴った。私のそんな様子に一瞬驚いたものの、アンシェリーンはめずらしく眉尻を下げて笑った。

「帝位の関係ない生活に戻りたい、と言ったら嘘になるけれど。でも、けしてもう戻ることはできないのです。昔は……兄はとても優しくて、ふふ、幼いわたくしの面倒をよく見てくれました。兄はとても器用でして、よく手品を見せてくれたのですよ」

「えっ、意外」

「そうでしょう。あまり不用意に出歩くこともできませんでしたから、子供部屋で二人で遊んでいたのです。今でもたまに側近たちを驚かせてからかっているようですわ」

アンシェリーンが懐かしそうに頬を緩める。きっと二人だけの楽しかった頃を回想しているのだろう。

まだ帝国は武力で制圧する政治がまかり通っている。レオンはそれを変えようと日々奮闘しているのだという。彼の理想の通りに帝国が平和になったら、レオンとアンシェリーンにも、再び楽しい日々が帰ってくるのだろうか。

私はテーブルの上に並んだカフェオレを見つめながら、そう思った。


「ミミ？」

気が付いたら、私はさっきよりも強くレナートに抱き着いていた。苦しかったのかもしれない。あわてて手を離した。

が、今度はレナートが私を離さない。

「レナート。こんなに広いところにいるのに、くっついてるのおかしいわ」

「どうして、おかしくなんてないさ」

顔を赤くする私をからかって、レナートが余計にぎゅうぎゅうと腕に力をこめる。苦しい。しかし、彼の腕はどうにもこうにも振りほどくことはできないのだ。私は早々に逃げることを諦めた。

「それに、誰かが見てるかもしれないわ」

「ごらん。誰もいないから」

私は首だけをぎりりと動かして、部屋へと続く掃き出し窓を見た。

確かに誰もいない。

誰の気配もしない。屋根の上にも、外からも見られている様子はない。

「いいのかしら。王太子を放っておいて」

「ミミがいるからいいだろう、って思っているのではないか」

そう言って笑いながら、やっとレナートが私を解放してくれた。

「とはいえ……」

苦笑いしたレナートがつぶやく。

「習慣とはおそろしいものだな。子供の頃から、たまには放っておいてほしい、と思っていたが、実際にそうされるとこうも物足りなくなるとは」

「……その気持ち、わかります」

私とレナートが誰もいない部屋を同時に振り返る。そこには、ただただ静かに波の打ち寄せる音が聞こえるだけだった。

レナートがそっと私の腰のリボンに手を添える。

「あまり長い時間海風にあたるものではない。部屋に戻ろう。これからずっと一緒に過ごすんだ。二人きりに慣れなければ」

「あっ、そうだわ。アンノヴァッツィ武術の型を見せてあげるわ。レナート、あれを見るの好きでしょう。私も運動にもなって、一石二鳥だわ」

「一石二鳥？」

「ううん、こっちの話。何番台がいい？　やっぱり派手な30番台かしら」

「そうだな、久しぶりに変顔数え歌がいいかな」

「…………もう寝るつもりなの？　レナート」


別荘に派遣された使用人たちは皆明るく話し好きで、厨房の料理人たちも料理上手だった。私たちは予想以上に快適な一夜を過ごし、別荘を用意してくれたアントーニウスに感謝せざるを得なかった。


「それで、アントーニウス殿下はまだ帝国に戻ってきていないの？」

私の問いかけに、ライモンドが真顔のままで頷く。アントーニウスは相変わらずどこかの国へ旅に出ているらしい。私たちが滞在中には帰国する、と言っていたそうだが、さっぱり連絡がないのだ。

「アントーニウス殿下はまあ相変わらずなのですが……エーリク殿下からも予定が立て込んでいると返事が来るばかりでして。少し不気味ですね。エーリク殿下だってレナート殿下の後ろ盾が欲しいはずなのに」

ライモンドはそう言い、こめかみを押さえながら「くれぐれも気を付けてくださいね」と念を押した。

侍女たちに髪を結ってもらい、私は動きやすいドレスに着替えた。今日はレオンとアンシェリーンと一緒に近隣の名所を回る約束をしているのだ。

「装飾がないとこうも動きやすいのか」

馬車と徒歩での移動を予定しているので、レナートもシンプルな服装をしている。襟や袖からジャラジャラとぶら下がったものに引っかかったり挟まったりと、実は何かと難儀していたレナートは上機嫌だ。

レオンたちとの待ち合わせはこぢんまりとした庭園だった。

庭園は個人経営らしく、広さはないものの整然と整備されていた。馬車から降り入場すると、目の前には大きな池を中心に左右対称に花壇と並木が広がっていた。

品のある四阿《あずまや》で涼むレオンとアンシェリーンが、私たちの到着に気付いて振り向いた。

「まったく、わたくしたちを待たせるだなんていいご身分ですわね」

アンシェリーンが扇で顔を仰ぎながらつんと横を向いた。髪を一まとめに結い上げているので、形の良い丸い頭が可愛らしい。

「姫さんが張り切って早く到着するからでしょ」

背後に控えていたベンハミンがつぶやいた。アンシェリーンにぎろりと睨まれても何のその、大きなあくびをしている。

「そうなのだよ。実は妹は友人と共に外出するのが初めてなのだ。今日一日が彼女の良き思い出となるようなイメージで、どうか温かい心で付き合ってやってほしい」

アンシェリーンの隣で優雅にベンチに腰掛けていたレオンが、意味ありげに片方の口の端を上げて言った。

「お兄様！　余計なことは言わなくて結構ですわ！」

アンシェリーンが扇でレオンの肩をピシッと叩き、私の腕にしがみついた。妹に叱られたレオンはちょっとだけ嬉しそうな顔をしている。

「わたくし忙しいのですわ。さっさと行きますわよ」

そう言って、アンシェリーンが私をぐいぐいと引っ張って歩き出した。レオンとレナートが顔を見合わせ、遅れて私たちの後に続く。

アンシェリーンの後ろを歩くベンハミンに私はそっと声をかけた。

「今日はメダルドとポエミージョは来ていないのね」

「レミージョですよ」

ベンハミンが笑いをこらえながら訂正した。

「呪術師は基本的にはあんまり外出しないんですよ。文字通り日陰者ですからね。特にあいつらはこんな観光名所巡りには役に立たない能力ですし」

「あら、じゃあベンハミンは役に立つってことなのね」

「まさか。俺みたいな役立たずがいたって仕方がないのに、姫さんがどうしてもって言うから」

ベンハミンが苦い顔をしてそう言うと、眉をつり上げたアンシェリーンが扇でベンハミンの額を叩く。

「わたくしはひとっ言もそんなこと言っておりませんわよ。自分だけうまいもの食べるなんてずるい、って言って勝手について来たのですわ」

アンシェリーンに睨まれ、ベンハミンが目をそらす。

何だかんだと仲良くなっている二人の姿に、私は目を細めた。

どこを見ても美しい絵画のような風景の広がるこの庭園を気に入っているのは、意外にもレオンだった。彼はお忍びで何度もここを訪れているのだと、庭園のオーナーが話していた。レオンは少しだけ気まずそうにしていたけれど、すぐに気を取り直して先陣を切って歩き始める。そんな様子がちょっとだけ可愛らしく思えて笑っていたら、レナートに腰のリボンを引っ張られた。

レオンの言っていた通り、アンシェリーンはこうして同年代の友人と一緒に過ごすという経験がほとんどなかったようだ。しかめっ面を保ちながらも、とても上機嫌である。目を輝かせてたくさんのことを尋ねてくるので、私も饒舌にならざるを得なかった。

庭園見学という名目の親睦会は何事もなく賑やかに終わり、次の名所へ移動するために馬車に乗った。用意された大きな馬車は、私たち四人が乗っても揺れることなく快適だ。

「わあ、大きな橋。この川は、別荘の近くを流れている川と繋《つな》がってるんですか？」

窓から見える景色に夢中になっていた私が尋ねると、向かいに座るレオンが頷いた。

「別荘のある辺りが上流だ。この辺りまで来るとかなり水かさは増しているから、とても同じ川だというイメージが湧かないだろう」

「はい。すっごく水がきれいで……あっ、魚が跳ねたわ」

「妃殿下は視力が良いのだな。私には見えなかった」

レオンが窓に顔を寄せて川を凝視する。

「ここから見る分には美しく穏やかな川のイメージだろう。だが、この先すぐのところで海と繋がっているから水流はかなり激しい。油断するとあっという間に流されてしまうだろう、と私は理解している」

身を乗り出して窓の外を覗き込んでいたレオンが座り直すと同時に、馬車が大きく揺れた。どうしたのだろう、この馬車が揺れるだなんて。きっと急停車したのだ。

「どうした」

すぐにレオンが小窓を叩き、御者に声をかける。

「海岸の方から鳥の群れが飛んで来まして……そのうちの数羽が近くまで高度を下げ馬車をかすめるようにして飛び去って行ったのです。少し大きめの鳥だったため、馬が驚いて足を止めてしまいました。なだめてまいりますので、しばしお待ちを」

とんだハプニングに、レオンとアンシェリーンがきょとんと瞬いた。

野生の鳥が走っている馬をからかうだなんてことあるだろうか。隣に座るレナートもわずかに眉根を寄せて外の様子を窺っている。私は気付かれないように身構えた。

しばらくすると、窓を軽く叩く音がしてガブリエーレが顔をのぞかせた。

「馬が落ち着かないようだから、悪いが降りてくれ。馬が暴れ出したら危ない。周りは確認した」

そう言った後、ガブリエーレがちらりとこちらを見た。私はゆっくりと瞬きを一つ。

周りは確認した。だから、後は護衛の兵士に紛れている暗殺者に気を付けろ、ってことね。

ガブリエーレが馬車のドアを開け、まず私に手を差し伸べる。本来なら、先に降りるのはレオンとレナートだ。

続いて降りて来たのはレナートだ。すぐに寄り添うように私の隣に立つと、ガブリエーレを軽く睨む。

「ミミを先に降ろすなど。襲われたらどうするつもりだ」

「こういう時はお前よりこいつの方が役に立つからな。諦めろ」

ガブリエーレはそう言うと、周りを警戒しながらレナートの背後についた。納得いかないといった表情のレナートがため息をつく。レオンとアンシェリーンが無事に馬車を降りたので、私はさりげなくアンシェリーンのそばへ行った。

「橋を渡ってすぐのところが、次に向かう資料館だ。このまま歩こう。その方が早いイメージだ」

レオンがさっさと歩きだしてしまい、私たちはその後を追う。落ち着かない馬が石畳を蹴る蹄の音が護衛騎士や兵士たちの足音に紛れて消えて行った。

資料館となっている大きな屋敷は、厳めしい装飾の古びた建物だった。以前はとある貴族が暮らしていたのだそうだ。

「もっと交通の便の良いところへ屋敷を建てて引っ越して行ったんだ。こちらは取り壊すと言うのでね、私が個人的に買い上げた。帝国の伝統的な建築様式をここまで残した建物はそうないからな。後世に伝えるべき歴史的建造物、そういったイメージで理解している」

「なるほど、確かに私もこの建具の装飾を実際に目にするのは初めてだ」

「そうだろう。残念なことに、これを作ることのできる職人はもういないのだよ」

レナートが興味深そうに漆喰《しっくい》の壁を眺める。レオンが嬉しそうにレナートを次の部屋へ引っ張って歩いて行った。私とアンシェリーンはその背中を眺めたまま、廊下から動かなかった。

「お兄様ったら、久しぶりに話の通じる方に会ってはしゃいでいますわ」

「レオン殿下の周りには歴史に興味のある人はいないのですか」

「帝国は新しいものを求める方の方が多いのです。ついこの間までは、最新のものにすぐに飛びつくアントーニウス殿下が皇太子でしたし」

アンシェリーンはきっとこの古い建物の匂いが苦手なのだろう。開いた扇を鼻に押し付けているので少しだけ鼻声だ。

資料館と聞いていたので、てっきり中には何かしらの本やめずらしいものが置いてあるのだと思った。しかし、建物の内部はがらんとしていて、椅子一つ置いていなかった。この建物自体が資料だったのだ。

嘘でしょ、超つまらない。

どう見たってここはただの古い空き家だ。楽しそうなレナートとレオンが何を言っているのかわからない。私って好奇心旺盛な方だと思っていたけれど、ここまで興味が持てないものがあったなんて。

「ある意味、新鮮な驚きを得たわ」

「そうであろう、マリーア妃殿下。あなたも理解したのだな、この趣のある歪み。言うなれば、憂いに首を垂れる優美な白鳥のイメージ。そういったところだろうか」

「えっ、ああ、そうですね……」

独り言に返事されてしまい、私は助けを求めて振り返った。が、ライモンドが素早く視線をずらす。助けてもらえないのなら仕方がない。私は周りを見回した。

さっきから気を付けてはいるけれど、不審な足音も気配もない。レナートのことはガブリエーレに任せて、アンシェリーンと外に出てもいいだろうか。

「ライモンド様、私たちは庭で涼んできますね」

私の言葉にライモンドは一瞬顔をしかめたものの、鼻声のアンシェリーンに気付いて渋々頷いた。

「ティートさん、スザンナさん。頼みますよ」

庭へ出ると、二階の窓からレナートがこちらを見ていた。手を振ると小さく振り返してくれる。侍女たちに大きな帽子をかぶせてもらったアンシェリーンは一度深呼吸して、私を見上げた。帽子の影の下で、彼女の深緑の瞳が輝いている。

「正直なところ助かりましたわ。わたくし、ああいうほこりっぽいところは苦手ですの。咳が出ると止まらなくなりますから」

「まあ、アンシェリーン殿下も。アイーダもそうなのよ」

「そ、そうですか。……喉によい飴がありますのよ。お帰りまでに用意しておきますから、アイーダ妃殿下のお土産にお持ちになるといいわ」

アンシェリーンはそう言うと、両手で帽子のつばを引っ張り顔を隠してさっさと歩いて行ってしまった。美しい瞳が見えなくなってしまって残念だけれど、可愛いからまあいいか、と、その背中を追おうとした、その瞬間。

「姫さん、待って」

ベンハミンの声がすると同時に、アンシェリーンの足元の石が眩しく光った。眩《くら》んだ目をこらして私はすぐに身構えた。すぐにティートとスザンナが私の両脇に並ぶ。

頭上でバサバサと鳥の羽音がした。三羽の黒い鳥が旋回して体勢を整え、飛び去って行く。

「あの鳥は……！」

スザンナがつぶやいた。

茫然としているアンシェリーンが、侍女たちに抱きかかえられるようにして奥へ連れてゆかれた。

おかしい。鳥が偶然に二回もこちらに近付いてくるだろうか。

「妃殿下、屋敷に戻りましょう。空から来られるとやっかいです」

スザンナが空を見上げ叫んだ。私たちはお互いに背を合わせ、死角ができないようにじりじりと歩いて屋敷に戻った。

「ミミ！」

屋敷に戻り辺りを警戒していると、レナートが走って来た。そして、その勢いのまま私をぎゅうと抱きしめる。

「わああ、レナート！　皆の前で！」

「何だ、さっきの光は！　襲われたのか？」

両手で顔を包まれ上を向かされた。レナートの澄んだ青い瞳が心配そうに揺れている。

「レナート落ち着いて。狙われたのは多分アンシェリーン殿下で……」

「落ち着いてなどいられるか。やはり離れたのは間違いだった」

レナートがそう言って、私の腰のリボンをがっしりと握る。ものすごくがっしりと。

「飛んできた鳥がまた急降下してこようとしていたのよ。ベンハミンさんが追い払ってくれたから何も起きなかったんだけど」

そう言って振り返ると、ベンハミンは柱の陰に隠れていた。ローブの裾だけがかろうじて見えている。それと同時に、侍女たちに囲まれて震えているアンシェリーンが見えたのだろう、レナートが少しだけ落ち着きを取り戻した。

「鳥か。……エーリク殿下の下には呪術師はいないと聞いているが」

レナートの声に、柱の陰からベンハミンが目だけを覗かせる。

「……だからエーリク殿下のとこにはいませんって。あの人、力業以外は認めてませんから」

「じゃあ、誰が……」

私はつぶやいた。皇太子を降りたアントーニウスがレオンやアンシェリーンを狙う必要があるとは思えない。

「なるほど。では、エーリクを推す派閥の仕業というわけか」

レナートの冷静な声に、ベンハミンが再び柱に身を隠す。その姿には、巻き込まれたくない、という意思が窺える。

奥の部屋の扉に背を預け腕組みをしたレオンが、震えるアンシェリーンを眺めていた。何か言いたそうに、微かに手を上げたものの、すぐに腕を組み直し目をそらしてしまった。

「私たちには関係のない話だ。巻き添えを食うわけにはいかない。すまないが、これで帰らせてもらおう」

「レナート！　待って」

「行くぞ、ガブリエーレ。先導しろ」

「ああ」

ガブリエーレがティートとスザンナに目配せする。私はあわててレナートの手を振りほどいた。

「でも、アンシェリーン殿下が」

「わたくしたちは大丈夫です。レナート殿下と妃殿下は先にお帰りください」

いつものスンと取り澄ました顔でそう言ったアンシェリーンは、扇を開いて口元を隠した。しかし、その手が震えているのは一目瞭然だった。

レナートがぎゅっと目を細め、歩き出すのを逡巡している。

「レナート……」

私はレナートの腕にしがみつき、じっと顔を見上げた。レナートがぐっと言葉につまる。あともう一押し。

「はあ、……仕方ない。押されよう」

「しまった、また聞こえてた」

「皇女も一緒に行こう。ただし、帝国の護衛は離してもらう。ついて来るのは侍女一人と、その呪術師だけだ」

柱の陰から抜け出し人知れず去ろうとしていたベンハミンが、ぎょっとして振り返る。

私たちの行動予定が知られているということは、きっとこの中に密偵がいるのだ。それは十中八

九、帝国側の兵士の中にいる。アントーニウスの時もそうだった。アンシェリーンもそれが分かっているのだろう、短い前髪の下で一度眉をきゅっとひそめた後、背筋を伸ばし、ゆっくりと頷いた。

私たちと距離を取り、こちらを眺めていたレオンが身を起こす。

「私は馬に乗って帰るイメージだ。君たちは馬車を使ってくれ」

レオンはそう言って、軽く手を上げた。

「せっかくの新婚旅行を邪魔してすまない。……これからは私とは別行動としよう」

レオンがさっと踵《きびす》を返して去ってゆく。レナートが、彼の寂しそうな背中を残念そうにちらりと見やった。

あんなに楽しそうにレナートと話していたのに。

私はそっと、ティートとスザンナに目配せをした。ティートが軽く頷き、スザンナがさりげなくアンシェリーンのそばへ寄って行く。

ルビーニ王国の騎士たちに囲まれ、私たちは資料館を出た。橋の上で立ち往生していた馬車はすでに戻って来ている。馬たちも落ち着きを取り戻し、日陰で休んでいた。私たちが予定よりも早く出てきたからだろう、御者があわてて馬車の準備をし始める。馬車の点検をする為に、レナートの護衛が数人駆け寄って行った。

アンシェリーンの侍女が日傘をさした。アンシェリーンが帽子を深くかぶり直す。大きなつばで隠すようにして、離れたところで馬に乗ろうとしているレオンの姿をぼんやり眺めている。

川の流れる音。湿った土の匂い。木の枝がゆったりと風に揺れている。

ガブリエーレを先頭に、レナートと私が続いた。馬車までの少しの距離だったが、日傘が風にあおられアンシェリーンたちの足が止まる。

鳥の羽音が聞こえた。

「四時の方向よ！」

私が叫んだ時には、ガブリエーレがレナートの前に出ていた。スザンナはアンシェリーンを背にかばうようにして構えている。

四時の方向にある小屋の陰から一人の男が飛び出してきていた。護衛騎士たちがいっせいに剣を抜く。私は素早く右手で髪をかき上げ、髪飾りを手に装着した。

「ティート！」

「よっしゃ！　お嬢！」

身をかがめたティートの背を蹴り、私は高く飛び上がった。

「26！」

頭上を旋回する鳥の陰から飛んできていた矢を思い切り殴る。

アンシェリーンの侍女が悲鳴を上げた。軌道を外れた矢が橋の石畳の上に音を立てて落ちる。一回転して着地した私はすぐに姿勢を低くして構えた。ティートが私の背後に就き、周りを見回す。

騎士たちが取り押さえた男は、帝国兵の黒い軍服を着ていた。

「やっぱり暗殺者が紛れ込んでいたのね」

「ミミ！」

レナートが私のもとへ駆け寄って来た。とても心配そうな顔をしている。

「ミミ、怪我はないか」

そう言ってレナートは私の右手を手に取った。髪飾りの部分で殴ったので私の手はまったく無事なのだが、そんなにも心配されるとついつい優しさに甘えたくなってしまう。

「いつも通り、私は平気よ。レナートが帝国兵を遠ざけてくれたおかげで、敵の姿がよく見えて助かったわ」

私にそう言われ、レナートが振り返る。背後にいるガブリエーレを筆頭に、ルビーニ王国の近衛騎士の赤い集団がうろうろとしている。真っ赤な中に、黒ずくめの人物が駆けて来たら、そりゃあ目立つに決まっている。

「なるほど。意図したわけではないのだが、それは良かった。しかし、矢だってガブリエーレたちに任せるべきだったと思うが」

「矢が鳥の陰になっていたから気付くのが遅れてしまったの。この中で一番身軽なのが私だったから、ああした方が早いと思ったのよ。もしも鳥がいたずらして軌道が変わったらレナートが危ないと思ったし」

「ミミ。私のことなんかより自分を大切にしてほしい」

私の手を握るレナートの手にぎゅうと力がこもる。その痛みを感じると同時に私はきゅんと胸がときめいた。

「レナート……」

「お前らよくこんな状況でイチャつけるな」

レナートのすぐ後ろで呆れ顔のガブリエーレが言った。

橋の向こうから矢を放った暗殺者は、レオンの護衛たちが捕まえたようだ。こちらが落ち着いたのを確認して、レオンが兵をぞろぞろと連れてやって来る。

大勢の黒い集団がやって来る姿に皆の視線が移った時だった。海の方角へ向きを変えていたはずの鳥たちの一羽が急旋回して私たちに向かって飛んできた。

「ギャギャギャ、ガ――――!」

……と思ったら、ガブリエーレがとっさにその長い首を摑んで押さえていた。

「す、素手で……」

いつのまにかレナートの隣に控えていたライモンドが手で口を押さえておののいている。

「皇女の目の前で切り捨てるわけにもいかないだろう」

ガブリエーレは蠅でも払うかのように、捕まえた黒い鳥をべしっと石畳に落とした。すぐに他の騎士がその鳥を縄で縛って拘束する。ガブリエーレに先に鳥を捕獲されてしまい手持無沙汰になったスザンナが、鳥を覗き込んでつぶやいた。

「……この鳥は……確か、旨味のある脂が特徴の……」

「美味いのか!?」

スザンナの言葉にすぐさまティートが身を乗り出す。

「ああ。アントーニウス殿下のガイドブックに紹介されていたはずだ」

「よし、捕まえよう」

ティートとスザンナが海へ向かって逃げてゆく鳥を追って走っていった。

「だから、護衛対象《わたし》を置いて行っちゃダメって言ってるでしょー」

「あいつら、また」

「やはり人選ミスでしたね」

私が額を押さえてため息をつくと、隣でガブリエーレとライモンドも同じポーズをしていた。

馬車につながれた馬のいななき。ティートとスザンナに追われる鳥の鳴き声。近付いて来るたくさんの軍靴《ぐんか》の音。

「あっ」

アンシェリーンの声がした。風でアンシェリーンの帽子が飛ばされてしまったのだ。浮かび上がった帽子の向こうに、レオンの姿が見えた。レオンは帽子を捕まえようと手を伸ばしている。つばの大きな帽子は風にあおられ、レオンの手をかすめて高く浮かび上がった。

私は両手を伸ばしてジャンプした。左手で帽子を摑み、橋の頑丈な欄干の上に着地する。おお、とレオンが思わず感嘆の声を上げた。

「アンシェリーン殿下。はい、どうぞ」

くるりと身を翻して手を伸ばした。笑顔のアンシェリーンが手を伸ばす。

ぶわっと強い風が吹いて広がったスカートに巻き込まれて、帽子が私の手からはじかれてしまった。

手から離れた帽子が再び宙に舞い上がる。思わずそれを目で追った私はバランスを崩した。おっとっと、と一度は体勢をたて直したものの、ここは欄干の上。ヒールが滑って私は川に向かって背中から落ちた。

伸ばした両手の向こうでレナートとガブリエーレが手を伸ばしている。

風が私の髪を大きく巻きあげた。ほのかに海の独特な香りがする。これが潮風なのね。私はのん気にそんなことを考えていた。

どんどん遠くなっていくレナートが必死な表情で何かを叫んでいる。

目の前が急に真っ暗になった。体がぐるぐると回り、どっちが上か下か分からない。耳のすぐそばで、ゴボゴボと音がする。

私の意識はそこで途切れた。


「殿下！　いけません！」

ライモンドの制止を振り切り、レナートが欄干に足をかける。

「ミミは泳げないんだ！」

レナートはそう叫び、躊躇《ちゅうちょ》することなく川に飛び込んだ。大きく息を呑んだアンシェリーンが頽《くずお》れ、侍女に抱きかかえられる。

「レナート！」

後に続こうとするガブリエーレにライモンドが飛びつく。

「ガブさん！　あなた、そんな大剣下げて泳げるんですか!?」

ライモンドの声に、ガブリエーレがぐっと歯噛みする。マリーアとレナートの姿はすでに見えない。とどまったガブリエーレから手を離したライモンドがすぐさま騎士に指示を出した。

「早く二人を追ってください！　海に出る前に必ず救出するんだ！」

騎士や兵士が馬に飛び乗り駆け出す。ティートとスザンナはすでにはるか向こうの川岸を走っている。二人にはマリーアとレナートの姿が見えているのだろう。馬に乗ったガブリエーレが二人を追った。

ライモンドは固く握った両手を一度だけ、欄干に強く叩きつけた。止めどもなく汗が額から流れ、あごに落ちる。耳鳴りがする。太陽に照らされた川面が光り、目がチカチカとする。手首が折れたのではないかと思うほどの痛みのおかげで、ライモンドはかろうじて正気を保っていた。

真っ青になったアンシェリーンが瞬きも忘れ茫然としている。

「妃殿下は泳ぎも得意なイメージだったのだが……」

あごに手をあてたレオンが騎士や兵士の叫び声の飛び交う騒がしい川辺を見つめていた。


「――ミミ、ミミ！　目を開けてくれ！　ミミ！」

ペチペチと頬を叩く温かい手のひらの感触。大きくて頼りがいのあるこの手のひらは、そう……。

「はっ！　レナート！」

がばっと起き上がると、すぐそばにレナートがいた。目を見開いて私の顔を凝視している。

「ミミ……ミミ……！　良かった、目が覚めたのか！」

レナートはそう叫ぶと、私をぎゅうときつく、とてもきつく抱きしめた。

「レ、レナー、ぐるしぃっ……。あれ？　私ったらいつの間にか寝ちゃってたのね」

うっかり居眠りなんてしてていたら、ライモンドにまた怒られちゃうわ。

身じろぎして何とかレナートの腕から抜け出したが、当のライモンドの姿がない。ガブリエーレもいない。それどころか、レナート以外誰もいない。

「え？　どこ？　ここ」

立ち上がろうと地面に手をついたら、不思議な感触がした。見れば、手のひらに砂がたくさんくっついている。私は砂浜の上にぺたんと足を伸ばして座っていた。見上げると、高い太陽が燦々と私たちを照らしている。前髪から水が滴ってきて、私は目を閉じた。

「ミミ。怪我はないか。どこか痛むところは」

頬に手をあて、レナートは私の顔を無理やり持ち上げる。空色の瞳が心配そうに揺れていた。どうしてだろう、レナートの髪からも水が滴っている。

「えっ？　レナートったら、ずぶ濡れだわ」

「覚えていないのか、ミミ。あなたは橋から川に落ちたんだ。そして、そのまま海へ流された」

「えっ!?」

がばっと身を起こすと、そこは広い海岸だった。すぐそばに波が打ち寄せている。そのはるか向こうには水平線が見える。レナートの腕を支えに振り向けば、背後には背の高い木が無造作に生えていた。どれも空に向かって硬そうな葉を広げている。本でしか見たことのない、南国の木だ。

「どこ、ここ」

もう一度そうつぶやくと、レナートは黙ったまま私を抱きしめた。

「川に落ちたミミを捕まえたのだが、陸までは泳ぎきれなかった。そのまま海へ流され、何とかここへたどり着いたのだ」

「……レナートって泳げたのね……」

「泳げるというよりは、王太子教育の一環で人命救助の術を習わされた。まさか役に立つ日が来るとは思ってはいなかったのだが」

「……ごめんなさい、レナート」

王太子レナートを、次期国王であるレナートを、私のうっかりに巻き込んでしまった。橋から川に飛び込むだけではなく、海に流されてしまうだなんて。きっと今頃、皆がレナートを心配していることだろう。取り返しのつかないことをしてしまった。私の目からはぼろぼろと涙がこぼれだす。

「本来であれば、私は飛び込むべきではなかった。でも、ミミが川に流されるのを見て、黙ってなどいられなかった。王太子としては失格だが、私は少しも後悔していない」

「レナートッ……！」

「よかった、ミミが無事で」

全身ずぶ濡れの私たちは抱き合った。本当に良かった、生きていて。

レナートが私の頭をするりと撫でる。

「それと……ミミの髪飾りが流されてしまったんだ。すまない。捕まえようとしたのだが、間に合わなかった」

「いいの。予備もあるし、ムーロ王国の行きつけの鍛冶屋に頼めばまた作ってもらえるわ」

「そうか」

レナートがもう一度私の頭を撫でた。確かに私もちょっとだけ物足りない気がする。しかし、そんなことは言っていられない。私は立ち上がって背後の森に向かって目をこらした。

「ここ、どこなのかしら。近くに人が住んでいるといいんだけど」

立ち上がったレナートが、そっと私に寄り添った。彼はまだ私の体調を気にしているらしい。

「この辺りの海流から考えて、多分ではあるが、帝国の領域内に点在している無人島のうちのどれかだと思う」

「無人島⁉」

「時間からしてそれほど遠くまでは流されていないはずだ」

「どうしよう。どうやってここにいることを知らせたらいいのかしら」

ああ、こんなことなら泳ぎの練習もしておくのだった。それほど遠くないのなら、私が泳いで助けを呼びに行くことができたのに。そもそも、私が泳げたのなら、こんなところに流されたりしなかったし、レナートを巻き込むこともなかった。武術だけじゃなく水泳も教えてほしかったわ。もう、お父さんのバカバカバカ！　帰ったら、即刻文句を言ってやるんだから。

「ミミ、体調に問題はなさそうだな。本当によかった」

「わあ、また聞こえてた！」

「公爵には申し訳ないが、まずは必ず戻るという希望を持ち続けよう」

レナートが厳しい瞳でまっすぐに海の向こうを睨んだ。

「水難事故での人命救助の特訓はガブリエーレも共に受けていた。ライモンドは私以上に帝国の地理、そして海流についても知識がある。二人がいれば、この辺りの無人島にたどり着いていると見当をつけているはずだ。ただ、どの島のどこに私たちがいるかまでは分からないだろうから……」

「救助が来る可能性はあるけれど、すぐには来ないってことね」

私はスカートを持ち上げ、ぎゅうっと水を絞った。そして、フリルのついた袖をまくる。これで大分動きやすくなった。

「だったら、私たちはここで元気に待っていればいいのね。任せて、野営の特訓は受けているから。まずは火を熾《おこ》して、そうだわ、天蓋付きのレナートのベッドを作らなきゃ」

「ミミは頼もしいな。正直なところ、動転したり悲嘆に暮れたりしたらどう慰めようかと思っていたところだ」

「ライモンド様とガブリエーレがいるなら大丈夫よ、きっと！」

「ああ、そうだな。それから、天蓋はいらないよ。二人で雨風をしのぐことができればいい。すまないが、こういったことには不慣れなんだ。何をしたらよいのか教えてほしい。力を尽くそう」

「私一人でも大丈夫よ！　レナートは日陰で休んでて。日に焼けちゃう」

「それはあなたもだろう。指示しないのなら、私は勝手に動くが」

「そ、それは、大変なことを起こしそうな予感しかしないわ。えーと、じゃあ、まずは野営できそうな安全な場所を探しましょう。それから落ちている枝を集めて……。あっ、この木、よく見たら実がなっているわ。食べられるかしら」

額に手をかざして南国の木を見上げると、レナートがあごに手をあててほほ笑む。

「ああ、あの実は果肉は甘く、非常に水分が多いと植物図鑑で読んだ記憶がある」

「じゃあ、今日はあれで水分補給に決定ね！」

木に足をかけたけれど、私はすぐに下ろした。楽しそうにニコニコしているレナートが全身ずぶ濡れなのを思い出したのだ。

「それどころじゃなかったわ。火を熾して服を乾かさなくっちゃ。待ってて、今準備するから」

「では、私は……何をしようか」

「そうね、じゃあレナートには焚き火用の枝を拾ってもらおうかしら」

「承知した。焚き火に適した枝を……焚き火に、適した枝？」

やる気を出したレナートであったが、すぐに首を傾げて立ち止まってしまった。

「よく乾いた枝を拾って集めてください。遠くには行かないでね」

「心得た」

乾いた枝、乾いた枝。と、楽しそうにつぶやきながら、レナートが地面に落ちている枝を一本一本検分するように慎重に拾っていく。……あとで私が良さげな枝をたくさん拾っておこう。

レナートを常に視界に入れるように気を付けながら、私は野営できそうな場所を探した。木の幹がところどころ剝がれている。雑草を踏んだ形跡。大きさはよく分からないけれど、奥の森には野生の獣がいるようだ。

レナートを安全なところで休ませないと。でも、救助が来た時のためにあまり海から離れるわけにはいかないわ。でも、海の近いところで野営なんてしたことがない。慎重に場所を選ばなければ。

長さ順にきれいにそろえてまとめた枝を左手に、レナートは私のもとへ戻ってきた。

「注意深く観察すれば、落ちている枝にもいろいろな種類があるのだな。どうだろう、これで一晩くらいもつだろうか」

もたない。そんな量では焚き火はあっという間に燃え尽きて消えてしまうだろう。でも、上機嫌のレナートにそんなことは言えない。私にできるのは優しくほほ笑み返すことだけだった。

二人で手をつないで少しだけ森の中へ進んだ。もちろん、レナートの左手には先ほど集めて揃えた枝が握られている。

手入れのされていない雑草だらけの地面をゆっくりと進んだ。さわやかな風が木々の青々とした香りを運んでくる。先ほどまでの潮の薫りなど忘れてしまいそう。小枝を踏む乾いた音でさえ、レナートには新鮮なようだ。目を輝かせ、この何もないただの森を眺めている。

護衛も誰もいない。私たちに目を留める人たちもいない。王族の私たちがこうして本当に二人きりになるのは、きっと後にも先にも今だけだ。

これほど自由を謳歌しているレナートの姿を見るのは初めてだ。ここにいるのは、次期国王という重責を負った王太子ではなく、ただの二十歳の青年。

こんなにも楽しそうにしてくれるのなら、このまま二人でここで暮らしていくのもいいかもしれないわ。

「……って、そんなことあるはずないじゃない！　絶対にルビーニ王国に帰るわよ！」

突然叫び出した私に驚いて、レナートがぱちぱちと瞬いた。

「そうだね、皆が心配しているだろう。できるだけ早く帰ろう」

ふふ、とレナートが笑う。

「驚かせてごめんなさい。今日の野営の場所はこの辺りにしましょうか。あまり森の奥に行って、野生の獣に会いたくもないし」

「ふむ。武器を用意しておいたほうがいいだろうか」

「一晩中、焚き火を絶やさないようにしましょう。とりあえずは、それで近付いてはこないと思うわ」

「なるほど」

レナートがそう相槌を打つ。すると、それに呼応するようにどこかの草むらがガサガサと音を立てた。風に揺れているのとは違う、規則正しく草を掻き分けて進む音だ。私は耳を澄ませて音のする方向を探ったけれど、聞きなれない波の音が邪魔をする。

おかげで少しだけ反応が遅れてしまった。

「こっちに向かって来てるわ。逃げましょう、レナート」

「え？　どこへ……」

きっと先ほど私が叫んでしまったからだ。何かがこちらへ向かって迫ってきている。草を掻き分け、ゆっくりと地面を蹴る音。向こうもこちらの様子を窺いながら進んできているのだ。

私はレナートの腕を引いて後ずさった。むやみに背を向けるわけにはいかない。しかし、できるだけ早くこの場を去らなければ。

「気配からしてけっこう大きい獣だと思うわ」

私の言葉を聞いたレナートが、すぐに前に出る。

「ミミ、私の後ろに」

「だめよ、レナート。獣の扱いなら私の方が」

「それでも、あなたを前に立たせるわけにはいかない」

「レ、レナート……！　かっこいい……」

感動していたら、すぐ近くの草むらが揺れた。私たちの身長よりも上の方の木の枝が揺れる。

「しまった、ものすごく大きいわ！　レナート、逃げて！」

ガサッ、ガサガサ、メキィ！　落ちている太い枝を踏む音がした。獣は体重もかなりあるようだ。

「ミミ！　危ない！　下がるんだ」

目の前の草むらと頭上に覆いかぶさるように下がった枝が激しく揺れる。

ガサガサガサッ！　勢いよく一気に枝葉が掻き分けられ、視界が開けた。

私たちよりもずっと大きな黒い影。こちらを見下ろす鋭い二つの瞳と目が合った。

「ぎゃ――――！　熊――――！」

＊＊＊＊＊

――サンデルス帝国、帝城の一室。

ライモンドは広いテーブルの上に広げた地図を睨んでいた。その周りでは、レナートの護衛騎士たちが忙しなく行き来している。

ティートとスザンナは部屋の片隅でしょんぼりと正座していた。食欲のままに鳥を追いかけ、主から離れた。二人がそばにいれば、マリーアが橋から落ちることもなかっただろう。ちなみに鳥は取り逃がした。いろいろと大失態である。

開けっ放しの扉から厳しい表情のガブリエーレがやって来た。

「ライモンド、どうにも形勢が不利だ。帝国があまり協力的ではない」

「でしょうね」

ガブリエーレの言葉に、ライモンドは振り向きもせずにこたえた。

「はなっから帝国には期待してません。私たちで両殿下を救出しますよ」

「異論はない」

即答したガブリエーレをちらりと横目で見たライモンドがそっと眼鏡を外す。上着の裾で乱暴にレンズをぬぐった。

「ガブさんの話からすると、殿下は体力を温存するために流れに逆らうことはせず、近くの無人島に流れ着いたと思われます。不幸中の幸い、危険な生物の生息する地域ではないようです。しかし、地図上では大小さまざまな島が点在しており、どの島にたどり着いたかを特定するのが難しい」

「そうだろうな」

「特定するのが早いか、しらみつぶしに全部の島をあたるのが早いか……」

ライモンドとガブリエーレの会話を聞いていた騎士たちが足を止め、不安そうに眉をひそめている。それに気付いたライモンドが静かに眼鏡をかけ直した。

「大丈夫です、皆さん。お二人は必ず無事です。レナート殿下とマリーア様ですよ。そう簡単にくたばるわけないでしょう」

「くたばるってお前……」

ライモンドのめずらしく粗暴な言葉遣いに、ガブリエーレが思わず苦笑いした。それをきっかけに、不安そうにしていた騎士たちがハッとしたように姿勢を正した。

「皆さん大変でしょうが、引き続き何とか両殿下救出のための手配をお願いしますよ」

「はっ！」

騎士たちは揃って返事をした後、それぞれの持ち場に戻ってゆく。地図に視線を戻したライモンドの隣にガブリエーレが並んだ。

「レナートが行方不明になったっていうのに、意外と冷静なんだな」

指で地図をなぞりながら、ライモンドが顔も上げずにこたえる。

「ハーララ国での誘拐の時に悟りました。私がしっかりしなければ、と。それに、長いことあのお二人と一緒にいると、さすがに慣れてきました」

「アイーダ妃殿下もそんなこと言っていたな」

「ガブさんもでしょう」

「苦労するな、お互いに」

軽口を叩きながらも、二人には笑顔はない。

地図を見つめる二人の真剣な後ろ姿を、扉の陰に隠れてアンシェリーンが見つめていた。音を立てないようにそっとその場から離れる。そして、突然走り出した。傍に控えていた侍女があわててその後を追いかける。

階段を下り、ひと際豪華な扉を叩いた。返事も待たずに、部屋に飛び込む。

「お兄様！」

窓辺にある執務机についていたレオンが顔を上げる。

「アンシェリーン。めずらしいな、どうした。息をきらして」

「どうした、ではありませんわ。お兄様！」

スカートを持ち上げ、アンシェリーンはレオンの目の前に駆け寄った。両手を机に叩きつけ、自分と同じ深緑色の瞳を睨みつける。

「なぜ、レナート殿下とマリーア妃殿下を救出しないのですか！　お二人は国賓ですわ。このままでは国際問題になります」

頬杖をついたレオンが思案するように目を閉じる。

「あの二人は新婚旅行という私的な用事でこの国に滞在していたと理解している。別に我が帝国が招いたわけではないイメージなのだが」

「アントーニウス殿下が招待したも同然です」

「では、アントーニウス兄上が対処すべきイメージでは」

レオンが羽ペンを手に取る。執務に戻るつもりのようだ。アンシェリーンの顔がかあっと真っ赤になる。

「このまま何もしないおつもりですか！」

書類をめくる手を止めたレオンが、すっと目を細め小さく息を吐いた。そして、アンシェリーンにだけ聞こえる程度の小声でつぶやく。

「レナート殿下の弟君は非常におとなしく穏和なイメージの方なのだそうだよ」

「……お兄様？」

「もし……その弟君がもし王太子であったなら、その方が御しやすいだろうねえ。そういうイメージではないか？　アンシェリーン」

「お兄様！」

アンシェリーンが再び両手を机に叩きつける。その激しい音に、レオンが驚いて身をすくめた。

「マリーア様は飛ばされたわたくしの帽子を追って橋から落ちたのです。そもそも、わたくしが襲われなければ、護衛たちだって散らばっていなかった」

「それは私に関係ないイメージだ」

「マリーア様とレナート殿下を助けてください、お兄様」

アンシェリーンは机に置いたままの両の手を固く握った。その拳の上に、パタパタと水の滴が落ちる。ぎょっとしたレオンが顔を上げると、彼女の大きな瞳からは涙があふれだしていた。

「ア、アンシェ……？」

「マリーア様はわたくしのっ……！　お願い、わたくしのお友達を助けて！　お兄様！」

そう叫び、机につっぷして泣きじゃくるアンシェリーンの姿をレオンが凝視する。ぽかんと開いた口を塞ぐように右手をあてると、宙に目を彷徨《さまよ》わせた。

「ア、アンシェリーンが、私にお願いを………妹が私を、頼りに……」

ゆっくりと席を立ったレオンの瞳は爛々《らんらん》と輝き、頬は少しだけ紅潮していた。人差し指でさっと一度前髪を払うと、机についていた側近たちに視線を移す。

「捜索用の船を手配しろ。なるべくスピードの出るものがいい。いつでもすぐに出発できるよう、準備しておくイメージでいてくれ。それから、潮目を読むのが得意な呪術師がいただろう。今すぐ呼んでくるのだ。ああ、天候も関係してくるはずだ。イルーヴァ女史も。急げ」

頷いた側近たちがすばやく執務室を出てゆく。顔を上げたアンシェリーンがぺたりと床に座り込んだ。ゆっくりとその傍らに膝をついたレオンが右手で妹の涙をぬぐう。そして、おそるおそる左

手でその頭を優しく撫でた。

――同じ頃、ルビーニ王国。プラチドの執務室。

プラチドは王太子代理として執務についていた。

コツン、と窓を叩く音がして振り向けば、そこには見慣れない灰色の鳥がいる。少し大型の渡り鳥だ。彼らは長距離を短時間で飛ぶことができる。窓を開けてやると、桟《さん》にちょこんと留まっておとなしく小首を傾げた。プラチドはその足にくくり付けられた小さな筒を慎重に外す。筒の中には小さくたたみ込まれた手紙が入っていた。

「何だって!?」

思わずプラチドが大声を上げた。周りにいた側近たちがびくりと肩を揺らす。

「どうされました、殿下」

側近の一人が眉をひそめる。

「……兄上とミミちゃんが海に流され、行方不明になったらしい」

側近たちが静かに息を呑む音だけが室内に響いた。プラチドが額に手を置き、大きくため息をつく。

「何かしらのトラブルには遭うだろう、とは思っていたけれど……そんな、まさか行方不明だなんて」

「お二人はご無事なのですか」

「いや、手紙には消息はつかめていない、と書いてある。すぐに伝達が飛んできたとしても、数時間前の話だ。見つかってるといいのだけど……」

側近たちは顔を見合わせた後、すぐに自分の机に戻った。出しっぱなしだった書類をさっと仕舞い、上着を羽織る。そして、プラチドの指示を待った。

「……帝国に潜ませている僕の部下に連絡を取ってくれる？　すぐにライモンドたちに合流して捜索に協力させて。それから、帝城に忍ばせてる者には、皇族たちの動向を逐一報告するように、と」

「承知しました」

「彼らの態度次第では、こちらの出方も考えなきゃいけないね」

プラチドの表情からは、いつもの柔和な笑顔は消えている。代わりにきつくひそめられた眉の下で、青い瞳が鋭く光っていた。

そんな彼に、おそるおそる側近が声をかける。

「アイーダ妃殿下にはお知らせした方がよろしいでしょうか」

あごに手を置いて思案していたプラチドが、大きく瞬いた。

「えっと、どうしようかな。もう少し後に伝えるよ」

アイーダは今日、実家の公爵家に帰っている。兄夫婦に子供が生まれたのだ。お祝いがてら、久々の里帰りを楽しんでくるよう言ってある。今はまだ情報が少なすぎる。彼女に伝えるのは、もっと詳細が分かってからのほうがいいだろう。

「あの二人なら大丈夫に決まってるよ、絶対」

ニコリと笑ったプラチドに、側近たちがしっかりと頷き返す。

窓辺には先ほどの鳥がとどまっている。帝国の人々がこの国に滞在していた際に、秘密裏に買収した呪術師が調教している鳥だ。帝城に出入りすることのできる呪術師は、この鳥を使って帝国の状況を報告してくれる。彼を買収しておいて良かった、とプラチドは心の底からそう思った。

帝国だけではなく、近隣諸国内にプラチドの部下が潜んでいる。清廉潔白な兄が苦手とする諜報を担っているのだ。どれほどの数の部下がどの国にどうやって潜んでいるのかは、プラチドとごく限られた側近しか知らない。このことはアイーダにはもちろん言うつもりはない。

プラチドは机の上で静かに控える象のぬいぐるみ、パオリーノを見つめた。心なしか、彼も不安そうな瞳をしているように思える。青灰色のその小さな頭を優しく撫でた。

「父上と母上には伝えなきゃいけないね。……はあ、母上が卒倒しなければいいいんだけど」

椅子の背にかけてあった上着に手を通しながら、プラチドは足早に執務室を出た。

＊＊＊＊＊

ガサガサガサッ！　激しい音を立てて草むらを分け入ってくる影。予想よりもかなり大きく、動きも早い。

「ぎゃ――！　熊――………ッキオ？」

お互いに相手を背にかばおうとドタバタした結果、抱き合っていた私とレナートは、草むらから現れた大きな影の正体に愕然とした。

「お嬢様、ひどい。熊ッキオじゃないです。マッキオです。もう俺の名前忘れちゃったんですか」

そこには、我が実家アンノヴァアッツィ家の弟子の一人、マッキオが立っていた。悲しそうに眉を下げしょんぼりと肩を落としている。しかも、なぜか上半身が裸である。

「マ………ッキオ……！」

「なんですか、その微妙な間」

「マッキオ、何でここにいるの？」

「それはこっちのセリフですよ。お二人とも、新婚旅行中じゃないんですか。あ、レナート殿下、お久しぶりです。結婚式の際はどうも。大所帯で大変お世話になりました」

深々と頭を下げたマッキオの姿に、ぽかんとしていたレナートがハッと我に返る。

「あ、ああ。構わない。頭を上げてくれ」

きりりと王太子モードになったレナートが大仰なしぐさで左手を上げた。もう片方の手ではしっかりと私を抱きしめたままであるが。

「それで、君はここでいったい何を？」

レナートにそう問われ、逆に不思議そうな表情をしたマッキオが、足元の硬い蔦《つた》を跨《また》いでこちら側へやって来た。

「何って、キャンプですよ。あっちにはゴッフレードたちもいますよ」

マッキオはそう言って、自分が来た方向の草むらを指さした。言われてみれば、彼は派手なボタニカル柄の海パンにビーチサンダルを履いている。

「キャンプ？　無人島で？　わざわざ帝国の？」

言っている意味が分からない。私は首をひねった。

「は？　ここキャンプ場ですよ」

マッキオが呆れ顔で腕を組んだ。ただでさえ大きな大胸筋がさらに強調される。

「キャンプ場!?」

「そうです。帝国が管理している無人島で、なかなか予約の取れない人気キャンプ場なんですよ。けっこう利用料が高いので、俺とゴッフレードたち総勢八人で割り勘にして、トレーニングがてら夏のバカンスを満喫してるんですけど……。まさかお嬢様たちと会うとは。貸切のはずなんだけどな。ダブルブッキングしちゃったのかな」

マッキオの説明に理解が追い付かない。私とレナートは返事もできずに、ただただ黙って抱き合っていた。

「海で泳ぐのなら、水着着た方がいいと思いますよ。お嬢様はともかく、レナート殿下。そんな高級な服装でずぶ濡れになっちゃうなんて」

マッキオはそう言って、ニヤニヤと笑う。どうやら、海を見た私たちがテンションが上がってそのまま水遊びをしたと思っているらしい。そこでやっと私は自分たちの状況を思い出した。

「そうだったわ！　私たち、遭難しているのよ！」

「は？　遭難？」

「ええっと、ティートが鳥を追って、私は帽子を追って、欄干に乗ったら川に落ちて」

「相変わらず要領を得ない説明ですね。お嬢様泳げないのになんでそんなことを。で、ティートはどこに」

「ティートはいないわ。スザンナも。それで、目が覚めたらここで寝てて」

「川からここまでの件《くだり》を端折《はしょ》り過ぎでしょ。ここまでどうやって来たんですか」

「待て」

私とマッキオの間に割り込んだレナートが冷静に声を上げた。

「私が説明しよう」

キリッ。

私の話をほとんど信用していなかったマッキオが、レナートの真面目な表情にさすがに口を閉じた。

「はぁあ!?　お嬢様、あんた一体何してるんですか!?」

マッキオに思い切り怒鳴られ、私はこれ以上ないほどに身をすくめた。彼は我が家で長年修行している弟子の一人だ。武術以外はイマイチ取り柄のなかった私は、こうして年上の弟子たちにいつも叱られていたのだ。

「夫とはいえ、王太子を巻き込んで海に流されるとか、なんちゅー取り返しのつかないことをしたんですか。二人一緒にここにたどり着いたからいいものを！」

「マッキオ。それくらいでいいだろう。ミミには親切心しかなかった。海には私の意思で飛び込んだんだ。ミミは悪くない」

「はあ……殿下の側近たちは今頃大慌てなんじゃないですか」

「そうだろうな」

「そうだろうな、って。じゃあ、まずゴッフレードたちと合流しましょう。向こうはちゃんと整備されてますから」

マッキオが自分の出てきた草むらを掻き分け踏みしめて、レナートが通りやすいように道を作っている。食べられそうな果物を探して森に入ったマッキオは、どこかから聞こえてくる人の声に気が付いて、こちらへやって来たらしい。そのおかげで、思っていたよりも早くレナートの服を乾かしてあげることができそうだ。

マッキオと二人で作った広めの獣道を進むと、急に森が開けた。そこにいたのは、ゴリラの群れ……ではなく、マッキオと同じように海パン姿の我が家の弟子たち。トレーニングがてら、丸太を運んで今夜の寝床代わりの小屋を作っていたところのようだ。

手ぶらで戻ってきたマッキオに顔をしかめたものの、その後ろにいる私たちに気付き、皆きょとんとする。

「お嬢様？　どうしてここに!?」

「新婚旅行中では？」

「えっ、お嬢様って、あれがマリーア師範代ですか!?　じゃあ、もしかしてその隣にいるのがレナート王太子殿下!?　やべー、イケメンじゃないですか！」

若そうな弟子の一人が私たちを指さして声を上げた。見覚えがない。新入りの弟子なのだろう。初めまして、と元気よく深々と頭を下げている。

「……どう見てもキャンプしに来たようには見えませんね。お二人とも何があったのですか。お付きの者たちはどうされました」

眉をひそめたゴッフレードが私たちに尋ねた。全身ずぶ濡れ、服もぼろぼろに乱れた私たちの姿を見ていろいろと察したらしい。さすが父の従者も務めているゴッフレードだ。水遊びしていると勘違いしたマッキオとは違う。ちなみにマッキオは馬の扱いに長けた御者だ。

「私が説明しよう」

先ほどと同じように、きりっとしたレナートがこたえる。案の定再び私はゴッフレードに叱られた。そして、レナートにかばわれている。

「ミミは悪くないのだ」

レナートが私をぎゅうと抱きしめた。頰に触れる彼のシャツはさっきよりも少しだけ乾いている。よく見れば襟も袖もくたくたにほつれていた。いつもは優雅に結われている髪も今は無造作に下ろしている。あの髪紐は王族御用達の店の特注品だったはず。海に流されてしまったのかと思ったら、私の胸がひどく痛んだ。

「ううっ、ごめんなさい。でも、そんなこと言ってる場合じゃないわ。すぐにレナートの服を乾かしたいの。火を熾すのを手伝ってくれるかしら。ああ、でも安心したわ。皆が乗って来た船を借りれば今日中には帝国に帰れるわね」

「それは無理ですね、お嬢様」

マッキオが気まずそうに頰を搔いた。

「俺たち、ここまで泳いできたんで」

「何ですって！」

「事前にキャンプに必要な物資をある程度島に用意して置いてくれるキャンプお任せパックっていうのがあるんですよ。今回はそれをお願いしたので、俺たちは手ぶらで泳いできました」

「だから利用料が高かったのね」

「ええ。というわけで、船はありません。泳いで帰る予定でしたから」

あまりのショックに私はよろめいた。レナートが私の肩をしっかりと支えてくれているけれど、立ち直れない。どうしよう、私は泳げないのだ。ゴッフレードとマッキオなら私たちを背負って泳ぐことはできるだろうけど、レナートをまた海に浸からせることになってしまう。

「連絡用の伝書鳩は用意されているので、とりあえずお二人は無事だってことを伝えましょう。往復にけっこう時間がかかりますが、仕方ない」

ゴッフレードが帝国本土の方角に目をこらしながら言う。私はレナートに支えられる体勢のまま額に手をあてた。

「……だったら、なおさら急いで焚き火を熾すわよ。向こうにティートとスザンナがいるわ。鳩よりも早いはずよ」

「ああ、なるほど。久しぶりですね、あれをやるのは」

「なかなか実戦で使うことないですからいい機会です。若いのにやらせましょう」

ゴッフレードとマッキオが後ろを振り返り、若手の弟子たちに目配せをした。お任せ下さい、と叫んだ彼らはすぐに薪を抱えて走り出した。去ってゆくその背中をながめながら、私は身を起こした。

「今日中に帰ることは無理ってことね。でも、あなたたちに会えて本当に良かった。テントもあるんでしょう？　レナートを屋根のないところで寝かせなくて済んだわ」

私の言葉に、ゴッフレードとマッキオがぎょっとした表情を見せた。

「さっきから何言ってるんですか。お嬢様はともかく王太子殿下をテントになんて寝かせられませんよ」

「私はともかくってどういうこと」

「お二人はあっちを使ってください」

私の声を無視したマッキオが私たちの背後の森を指さした。

「あっち？」

私とレナートがくるりと振り返る。

「……え？」

見知った顔に出会えた喜びに周囲の景色なんて気にしていなかった私たちは息を呑んだ。

手入れされた木々が、私たちを迎え入れる門のように整然と並んでいる。進んだところには、澄んだ水がたゆたうプール。それを見渡す広いテラス。そして、圧巻の高級感を放つ平屋建てのコテージが目の前に広がっていた。

テラスの端で昼間なのに焚かれた松明《たいまつ》のオレンジ色の灯りが、レナートの空色の瞳に移ってゆらゆらと揺れている。

私は息を吐きだすと共に、こう叫んだ。

「――グ、グランピング――！」

＊＊＊＊＊

「ライモンド！　お前の見立て通りだった。ティートが無人島との通信に成功した。レナートたちは無事だ！」

部屋に駆け込んできたガブリエーレの声に、ライモンドが大きく息を吐いた。力が抜けたようにソファに座り込むと、両腕で頭を抱えもう一度息を吐いた。

レオンの指示により、呪術師を含む地理や気候に強い有識者が集まった。彼らと共にレナートとマリーアの辿り着いたであろう島を特定。すぐに、ティートとスザンナが狼煙《のろし》を上げるために無人島に面した海岸へ向かった。

アンノヴァッツィ家には、狼煙を使って離れた相手と通信をする手段があるのだそうだ。手旗信号のようなものだろうか。ライモンドにはよく分からなかったが、ガブリエーレはあっさり受け入れていたので特に追及はしなかった。

狼煙を上げ続けていたところ、当たりをつけていた島から返信の狼煙が上がったらしい。

「今日はもうすぐ日が暮れる。帝国が船を出す手配をしているが、明日の朝は波が高いらしい。あいつらのいる島に向かうのは昼頃になる予定だ」

「いいですよ、お二人が無事なら」

ライモンドは頭を抱えたままガブリエーレに返事をした。疲れすぎて、身を起こすことができないのだ。

「やっぱりあの島だったか」

「そうだと思いました」

「俺も思ったよ」

「天候、波の高さ、潮流……。そんなことよりも……国営のキャンプ場でアンノヴァッツィ家の弟子たちがキャンプしているという情報の方がよっぽど有益でした。マリーア様、いえ、むしろ殿下が運に恵まれていることを私は知っています。それを聞いて確信しましたよ。お二人は間違いなく、その無人島に流れ着いている、とね」

うつむいたままのライモンドの表情はわからない。

国営・無人島貸切キャンプ場の予約表に弟子たちの名前を見つけた時、ガブリエーレは戦慄《せんりつ》した。それを聞いたライモンドは眼鏡が大きくずれるほどに驚愕した。

ガブリエーレは片手で目頭をもんだ後、すぐに顔を上げた。ティートとスザンナのもとに戻らなければ。二人はまだ、狼煙で通信を続けているはずだ。二人の詳しい様子を確認しなければならない。

「俺はもう一度ティートたちのところへ……おい、ライモンド。大丈夫か？」

うつむいたままのライモンドが動かない。肩を揺すると、そのままソファに倒れ込んでしまった。

あわてて覗き込めば、ぐったりとしてはいるが眠っているだけらしい。マリーアの侍女たちが駆け寄り、クッションを頭の下に敷いたりブランケットをかけたりと世話を焼いている。この場は彼女たちに任せ、ガブリエーレは部屋を後にした。

マリーアが橋から落ちたのは、まあ想定内だ。しかし、レナートまでもが飛び込んだのは意外だった。

第一王子レナートは子供の頃から自分の立場をわきまえていた。常に感情よりも国への責任を優先してきた。誰よりも真面目で正直でちょっとどんくさいレナート。どんなに火急の事態が起きたとしても、あいつは自分を律することを忘れない。そう思っていた。

しかし。ガブリエーレの不在時に、勝手にアイーダ嬢との婚約を破棄してしまった。とにかくがさつでやかましいマリーアなんて令嬢と勝手に婚約してしまった。外遊すれば誘拐はされるし、火事に巻き込まれる。

すべては、あのド田舎の小国からやってきた令嬢、マリーアのせいだ。

それでも、マリーアに出会ってからのレナートは生き生きとしている。子供の頃に一緒に庭を駆け回ったレナートは、もういなくなったのだと思っていたのに。

ガブリエーレは歩きながら壁に拳を叩きつけた。ドカーン、という激しい音が廊下に響き渡り、周囲の人々が驚いて飛びのく。

レナートを守るために、自分は近衛騎士となるべく鍛錬を続けてきたのだ。

それなのに！　何をしているんだ、俺は！

目の前でレナートが川に飛び込む姿が目に焼き付いて離れない。あの時の血の気が引いた感覚は一生忘れることはないだろう。

生きていて良かった。二人が無事で良かった。

「あいつら……帰って来たら、まずは説教だ」

ガブリエーレはティートたちのもとへ急いだ。

＊＊＊＊＊

「ようし！　動きやすくなったことだし、サクッと晩ご飯の準備をしちゃうわよ！」

私はシャツの腕を肩までまくった。

コテージの清潔なお風呂に入り、着ていた服は洗って干している。一番体の小さな弟子からシャツとズボンを借りた。それでもやっぱりぶかぶかなんだけど、海水に浸ったワンピースとは比べるまでもない快適さ。むしろ、こっちの方がしっくりくるくらいだ。

ゴッフレードが超特急で建てたテントにちょこんと座らされているレナートも、弟子から借りたシャツとズボンを着ている。やっぱりぶかぶかで袖も裾もまくっていて、何ていうか、どこからどう見ても可愛い。初めて履くビーチサンダルが嬉しいようで、パタパタと砂を蹴って遊んでいるのだもの。可愛いとしか言えない。弟子たちも私と同じ気持ちのようで、作業中にちらちらとレナートを見てはほんわかしていた。

「レナート、暑くない？　大丈夫？」

テントを覗き込むと、レナートは朗らかな笑顔を見せた。

「ああ、とても暑い」

「だったら、コテージで涼んでいていいのよ」

「いや、ここがいい」

レナートはそう言い、また足をパタパタとばたつかせる。大きすぎるビーチサンダルが片方だけ飛んで行ってしまった。私はそれを拾い、彼の足にすぽっと履かせる。

「もう、足が砂だらけじゃない。せっかくお風呂に入ったのに」

「まったくだ。指の間に砂が入って、とても不快極まりない」

言葉とはうらはらにレナートはニコニコと笑っている。遠目に見れば、まさか不満を口にしているとは思わないだろう。私は両手で彼の足を押さえつけた。

「そうやって砂を蹴るからでしょう」

「楽しいんだ」

レナートがとびきり眩しい笑顔を見せる。私の背後で、若手の弟子たち二人が倒れた音がした。

「皆と同じなのがとても新鮮で、楽しい」

私も卒倒しそうになったけれど、耐えた。これでも師範代だ。やすやすと弟子たちの前で倒れるわけにはいかないのだ。

私は膝に置いた手にぐっと力を入れて立ち上がった。

「レナートにとっての最初で最後のキャンプ、最高の思い出になるように全力を尽くすわ」

「私も何か手伝いたい」

「ええと……じゃあ、後で一緒に野菜の皮むきしましょうか。楽しくはないだろうけど」

「ミミが一緒なら何でも楽しいよ、きっと」

レナートがまたもや美しい笑顔を見せた。直視しないように薄目で頷き、私はゴッフレードたちに合流するためにテントから離れた。

ある程度の食材はコテージに用意してあった。便利なキッチンも整備されていたが、レナートのあのキラキラした瞳を見たら、とてもそこで料理をする気にはなれなかった。マッキオたちは、元より自分たちでかまどを作り火を熾して料理する予定だったらしい。私は石を運んでかまど作りに勤しんだ。

「お嬢様、折りを見て休憩とってくださいよ。一応だけど王太子妃なんですからね」

「コテージにはちゃんと日焼け止めがあったから大丈夫！」

ゴッフレードの声に、私は海辺で拾って来た大きな石を山ほど抱えてこたえた。

「それに、旅行中であまり運動できなかったから、ちょうどいいわ！　よっこいしょっと」

今なら、誰にも怒られることなく体を動かすことができる。各国で美味しいものを食べて増えてしまったウェストのサイズも元に戻るかもしれないわ。

もう誰にも、狸の娘だなんて呼ばせないんだから！

「お嬢様、狸って呼ばれてるんですか」

「確かに前より腹が出てるなって思ってたんですけど」

マッキオとゴッフレードが、私の心の声に返事をした。でも、二人の声は聞かなかったことにする。私は休むことなく、一生懸命石を運んだ。

新入りの弟子たちは張り切って狼煙を上げていた。布で器用に狼煙の煙を遮って、帝国との通信をはかる。帝国にいるティートから返事がきた時の喜びようと言ったらなかった。

今日中に帰れないことを知った私とレナートは、束の間の自由を満喫することにした。私としてはコテージで優雅な休暇をゆったりと味わいたいところだったが、野営に興味津々なレナートを前にしてそんなこと言えなかった。

無人島とはいえ、帝国がきちんと管理しているこの島には、人を襲うような獣はいないらしい。ここに流れ着いて本当に良かった。

石造りのかまどは、即席にしては立派なものができた。コテージにはテーブルも椅子も用意されていたけれど使うのはやめた。マッキオたちが森の奥で大きな倒木を見つけたので、それをみんなで運んでベンチ代わりにした。

予想通り、倒木ベンチにレナートは殊《こと》の外《ほか》喜んだ。今は二人で並んで座って、玉ねぎの皮をむいている。

少しずつ日が暮れて来た。海の向こうに太陽が沈んでゆく。隣を見れば、夕陽に照らされたレナートがいる。私の視線に気付いてこちらを向くと、こてんと小首を傾げる。絶え間ない波の音。木々を揺らして鳥が羽ばたいてゆく。ゆっくりと顔を上げたレナートがはらはらと涙をこぼした。

「なんと穏やかな時間だろう。こうしてあなたと一緒に過ごせることが幸せ過ぎて涙が止まらない」

「私もよ、レナート」

いつしか私の目からも滂沱《ぼうだ》の涙が流れていた。

ゴッフレードが私たちの前に膝をつく。

「玉ねぎをむきすぎだから涙が止まらないんですよ。あー、もう。こんなに小さくなっちゃってるじゃないですか。これもこれも食べられますよ。ほら、これはどう見たって皮じゃないでしょう」

ゴッフレードは私たちの足元に落ちている玉ねぎの皮を拾い上げた。そして、いびつに千切られた玉ねぎをじっと見つめた後、このままでいいか、とつぶやいて、そのまま鍋に放り込む。

かまどでは大きな鍋がぐつぐつと音を立てて沸いていた。肉と野菜が柔らかく煮込まれている。

焚き火では、弟子の一人が釣ってきた魚が焼かれていた。

辺りにはおいしそうな匂いが広がっている。マッキオがコテージから持って来た松明を砂浜に設置した。皆の姿がよく見えるようになり、とうとう日が暮れてしまったのだと私は残念に思った。

今日が終わったら、すぐに帝国に帰らなければならない。帝国に戻ったら……。

「戻ったら、私、たくさんの人に怒られちゃうわ！」

突然の私の叫び声に皆が驚いて目を丸くした。

「ど、どうしよう。レナートを漂流させた上に、無人島で玉ねぎの皮むきをさせているわ。きっとこれは、怒られるだけではすまないのよ。このパターンは……」

「大丈夫だ、ミミ」

玉ねぎがなくなり、手持無沙汰になった手をレナートが私の肩に優しく乗せる。

「以前使った牛用の手綱は持ってきている。もしものために用意させていたんだ」

「やっぱりまた拘束される！」

「縄は新品だから安心するといい」

「お二人は本当に仲が良いですねー」

私とレナートの会話を聞いていたマッキオがニヤニヤしながらこちらを見ている。

これを聞いて仲が良いと思うだなんて、うちの弟子の教育は一体どうなっているのかしら。

私は大きなため息をついた。


日が暮れ辺りは真っ暗だ。あんなに美しかった海も、今は闇が溶け込んだように静かに凪いでいる。松明を焚いている私たちの周りだけが煌々と明るかった。笑い声においしそうな匂い。まるでお祭りのようだ。

「今夜は何でも入っている具だくさんのスープです。あと、焼き魚とバーベキュー。いっぱい食べてください」

弟子たちが大きなどんぶりにスープをよそって全員に配る。かまどのスープ鍋の横には鉄板が置かれ、分厚い肉がジュウジュウと音を立てて焼かれている。

「レナート、食べられる？　こんな大ざっぱなご飯、口に合うかしら」

慣れない手つきでどんぶりを持っているレナートを見て、私は不安になった。

「ああ、これほどおいしいスープを食べるのは初めてだ。料理長を呼んでほしい」

「はい！　俺が料理長っス！」

ほほ笑むレナートの隣で、若手の弟子が意気揚々と手を挙げる。

「褒めてつかわそう」

「ッス！」

「ノリの良いレナートに違和感しかないわ」

レナートに声をかけられ、弟子が嬉しそうに右手を胸にあて礼をしている。麗しいレナートを間近で見ては目をキラキラさせたり、時には卒倒している彼は、直々に声をかけられ調子に乗ったらしい。食い気味でレナートに話しかけた。

「レナート殿下って、想像を超える王子様っぷりですね！　絵本で見た王子様よりもずっとずっとイケてます」

「そうか、私はいけてる、か？」

焼きすぎてちょっと固くなってしまった肉をモグモグしながらレナートが適当に相槌を打つ。多分、言っている意味は理解していない。

「ッス！　こんな素敵な王子様、初めて見ました！」

「ムーロ王国の王子たちに謝って」

私は弟子の頭を小突いた。アンノヴァッツィ家はムーロ王国の王族の護衛だ。王子に会ったことがないとは言わせない。

「うちの師範代とどこでどうやって知り合ったんですか！　なれそめ教えてください」

この新入りの弟子は若いだけあって遠慮がない。王族に直接話しかけてはいけないという教育を受けていないのか。あれ？　そういえばうちにそんな教育あったかしら。と、少しだけ考え込んでしまったせいで、私は一瞬だけ反応が遅れてしまった。

「ああ、それはミミが私に変顔かぞ……」

「うわ――――！　レナ――ト――――！」

私はあわてて両手でレナートの口を押さえた。それは言っちゃダメって言ったじゃない。

「お嬢様……」

「今、変顔数え歌って言いました……？」

「言ってませんけど――――！」

長年の付き合いであるマッキオとゴッフレードの顔がサッと青ざめた。彼らはとりわけ勘がいいのだ。マッキオにすばやくヘッドロックをきめられ、ずるずると離れた所に引きずられる。

「お嬢様、まさか殿下に変顔数え歌見せたんですか？」

「え、あの、それは」

しどろもどろの私の腕をゴッフレードが後ろ手に押さえる。

「あれはテオ坊ちゃまにしか見せないと言っていたではありませんか。どういうことです」

「ルビーニ王国では淑女のフリするって言ってたじゃないですか」

「いたたたたた」

二人の大男に関節をきめられ、私は声を上げた。

「すっげえ！　師範代を押さえつけてる！　さすがマッキオさんとゴッフレードさんだ」

新入りの声が聞こえ、私は我に返った。あごを引き、右手でマッキオの腕を下に下げ身を翻す。背後から左手を押さえていたゴッフレードも巻き込んで、二人を背負い投げした。

「え？　え？　今の何？」

あまりの早さに目が追い付かなかったらしい新入りがうろたえている。きれいな受け身を取ってすぐに立ち上がったマッキオとゴッフレードが背中の砂を払った。

「素早さは相変わらずですね」

「どこにそんな力があるんですか」

「こんなの基本よ」

目を丸くしている新入り弟子の隣で、レナートがパチパチと手を叩いている。

「マッキオ、ゴッフレード。レナートが変顔数え歌を知っていることは、誰にも言わないでちょうだい。特に、お母さんには。絶対に！」

二人が顔を見合わせて肩をすくめた。

「そうですね。奥様が知ったら面倒そうですもんね。黙っときます」

「奥様が笑顔で激怒するアレ、久しぶりに見たい気も……イテッ！　わかりましたよ、言いませんよ」

私が正拳突きをしてもゴッフレードはびくともしない。それを見てまた新入りが声を上げた。


朝食は、昨晩のごった煮スープの残りをリメイクしたリゾットだった。コテージに用意されていた貝類から取った出汁《だし》が効いていた。

弟子たちと同じようにハンモックで眠りたいと駄々をこねるレナートをなだめ、コテージに連れて行くのは骨が折れた。外に寝かせたレナートが虫に刺されようものなら、ライモンドに何を言われるかわかったもんじゃない。これだけは譲れなかった。

コテージには大人が五人は優に寝れそうなほど大きなベッドが設置されていた。ベッドに腰掛けた瞬間、私とレナートは意識を手放した。やはり、疲れていたのだ。そりゃあそうだ。海を漂流していたのだから。

目が覚めたら、すでに朝だった。朝日と共に起きた弟子たちは、とっくに朝の鍛錬を終え、朝食の準備に取りかかっていた。

「帝国から連絡が来てましたよ。予定通り船を出すそうです。昼前くらいには到着するんじゃないかなあ」

海でひと泳ぎ済ませてきた新入りの弟子が、タオルで頭を拭きながらそう伝えてきた。

「そう。ありがとう。朝から狼煙を上げてくれたのね」

「まさかこんなに早く実践することになるとは思ってもみませんでしたけど。朝飯用意しますねえ」

「私も手伝うわ」

腕まくりをした私は、遅れてコテージから出てきたレナートに振り向いた。

「レナートは座って待ってて」

「私も手伝おう」

「疲れてるでしょう。座って待っ」

「手伝おう」

「……お願いするわ」

ニコニコしながら弟子の後をついてゆくレナートの背中を見て、私は思った。

レナートの適応力が強い、強すぎる。さすが王太子、なのかしら……。

朝食を食べた後は、昼まで時間がある。鍛錬を始めた弟子たちと別れ、私とレナートは海岸の探索に出た。

「そうだわ。昨日言ってた木の実を採って来るわ。美味しいといいんだけど」

この島にたどり着いてすぐに見つけた南国の木。大きな実はまだ落ちていない。私は初めて触る木の幹の感触を確かめた。

「ずいぶんと高いところにあるが大丈夫か、ミミ」

「もちろん！　実家では私が一番木登りが得意だったのよ」

「そうか、姉上たちも登るのか」

「お母さん以外は皆登れるわよ。じゃあ、待ってて！　レナート」

ぴょん、と木の幹に飛びつき、私はサカサカサカッと木を登った。普通の木よりも登りやすいかもしれない。私はあっという間にてっぺんの木の実まで辿り着いた。実の表面はつるりとしていて、まるで大きな卵のようだ。しかも、見るからにずっしりと重そうだった。

「お嬢様ー！」

私を呼ぶ声が聞こえ、見下ろすとレナートの隣でマッキオが手を振っていた。ちょうどいい、受け取ってもらおう。

「いくわよー」

「押～忍」

むしり取った実をそっと放り投げると、マッキオが難なく受け止めた。熟れている実を四つ落とした。

「うーん、後はまだ採るには早そうな気がするわ……あれ？」

残りの実を観察していたら、その上で揺れる緑色の葉に何かがひっかかっていた。手を伸ばしたが届かない。目を凝らしてよく見れば、模様が彫られている角材のようだ。手を伸ばし、葉に猫パンチを繰り返してみたら、角材がこちらへずれてきた。

「ようし、もう少し……あっ、うわあ！」

葉の上を滑り落ちて来た角材を受け止めようとしたら、私は体勢を崩してしまった。幹に絡めていた足がほどける。がくり、と私は真っ逆さまに木から落ちた。

「ミミ！」

レナートの声が聞こえる。私は空中で角材を摑むと、くるくると二回転して地面に着地した。私に駆け寄って来るのはレナートだけだ。マッキオはこちらを見ることなく木の実を抱えて去ってゆく。

「ミミ、怪我はないか」

「平気よ。今のは13番の回転受け身の応用。高さがある時は回転数が増えるのよ」

「それは分かったが、心臓に悪いからやめてほしい」

そう真っすぐに心配されるとさすがに悪いことをした気になってきた。私は素直に返事をして反省した。

「ミミ、それは？」

「あ、そうだった」

レナートが私の右手に握られた角材を見つめている。

「葉の上にあったのよ。何かしら？　これ」

大きさはちょうど私の手のひらに乗るくらい。四面にまんべんなく幾何学模様が隙間なく彫刻してある。

「どこかで見た覚えがあるような気もするが……。廃屋から建具か何かを鳥が運んで木に載せたのかもしれないね」

角材の彫刻を眺めながらレナートがそう言った。

「これちょうどいいなって思って持ってきたのよ」

「ちょうどいい？」

私はくるりと振り向いて叫んだ。

「ねー！　皆《みんな》ぁー！　集まってー！」

私の声に、弟子たちが何だ何だと集まってくる。私は持っていた角材を高く持ち上げた。

「どこから持ってきたんですか、それ」

「これで皆で一緒にトレーニングしましょう。一度やってみたいことがあったのよ」

「嫌な予感ー」

渋い顔を見せるマッキオの肩をばしりと叩き、私は砂浜を指さした。

「さあ、皆準備して。やるわよ、ビーチフラッグ！」


砂浜はとても走りにくいらしい。ロザリア様たちと海水浴に行った時は、砂浜を走る令嬢なんていなかったので試すことはできなかった。でも、確かに走りにくそうだな、とは思っていたのだ。そこで、ちょうどいいところで我が家の弟子たちと合流できた。これは、一度実際に走ってみるしかない、と思っていたのだ。

拾った角材をフラッグ代わりに立て、私たちはうつぶせになって砂浜に伏せた。スタートの合図はレナートだ。規則正しい穏やかな波の音と共に、私たちの鼓動が共鳴する。

レナートが白い腕を額にかざし、先に見える角材に目を細める。長い髪が海風にあおられふわりと揺れた。

私たちは耳を澄ませる。極限まで筋肉を緊張させ、反射的にスタートを切ることができるように体が浮くか浮かないかギリギリの体勢を保った。鼻から吸った息を静かに口から吐く。

ちなみに、ここにいる誰一人としてビーチフラッグの正しいルールを知らない。

「手はどこに置いていてもいいのかしら」

「頭は下げているべきだろうか」

「位置についてー、よーい、スタート！」

ものすごく微妙なタイミングで切られたスタート。さすがレナートだ。

砂浜から身を起こし、スタートダッシュを切ったのはほぼ全員が同じタイミング。体格差がある分、私が少しだけ不利だ。足の長さが違いすぎる。ラストスパートで引き離す作戦を急遽変更し、最初からトップスピードで飛ばすことにした。

――が、次の瞬間、私の目の前が真っ黒になった。

砂に足を取られ、私は顔から砂に突っ込んでいた。顔を上げた時にはとっくに、若手の弟子が角材を握って飛び跳ねていた。

「う、嘘でしょ……私があっさり負けるだなんて……」

打ちひしがれる私のもとにレナートがゆっくりと歩み寄ってきた。

「ミミ、目を瞑って」

レナートが、砂まみれの私の顔を手で優しく撫でる。パラパラと音を立てて砂が落ちた。茫然とする私の様子に、無事かどうか聞くまでもないと思ったのだろう、眉を下げた困ったような笑顔を見せる。

「いやあ、砂浜に慣れないお嬢様にはかわいそうでしたね。まあ、どうしてもって言うならぁ？　ハンデをあげてもぉ？　いいですがぁ～？」

体中についた砂を払いながら、ゴッフレードが言った。私は砂浜に手をついて顔を上げた。

「ハンデをください！」

そして、そのままの勢いで再び砂浜に額をつけてお願いした。ゴッフレードが尊大なそぶりで頷く。

ぱちくりと瞬くレナートを置いて、私たちはスタート地点へ戻った。

「さあ、気を取り直して！　――――もう一勝負！」

砂浜での乱取りは今までとなかなか勝手が違って新鮮な心持ちだった。砂に足が滑って踏ん張りが利かない。今までの私は足に頼り過ぎていたのね。躱し切れなかったマッキオのパンチが肩に当たった。が、そのまま受け流して背中から倒れ込み、砂浜に受け身を取る。手ごたえがなくて体勢を崩したマッキオの足をすかさず蹴って払った。

「うわっ」

「しまった！　うぎゃー！」

砂に手を取られて逃げ遅れた私の上に、筋肉のかたまりみたいなマッキオが倒れ込んできた。

「あー、お嬢様のすばっしこさは本当にやっかいですね」

「ぐるしいー！　退いて！　早く退いて！　マッキオ！」

弟子たちの笑い声が聞こえる。私は何とかマッキオの下から這い出て呼吸を整えた。

「今度こそ死ぬかと思ったわ」

ほとほと疲れ果ててその場に座りこんだら、遠くでレナートが手を振っているのが視界に入った。日除けのタープの下で、リクライニングできるビーチチェアにレナートは優雅に寝転んでいる。どちらもコテージに用意されていたものを持って来て設置したのだ。傍らの小さなテーブルには、水色のトロピカルドリンクが置いてある。すっかりレナートに魅入られた新入りの弟子が、フルーツを器用に盛りつけて作った特製のドリンクだ。

「あっ、お嬢様。お迎えが来ましたよ」

「えっ」

振り向くと、海の向こうから小さな船の姿が見えた。弟子たちが並んで船に手を振っている。

「やっと帰れるのね……」

そう思ったら、体中にどっと疲れが押し寄せてきた。でも、まだ気を緩めてはいけない。これから船に乗って帰らなければならないのだ。

小さく見えていた帆船は近付いて来るにつけ、その姿が大きくなってゆく。どんどん大きくなり、どんどんどん大きくなり、前方に掲げられた帝国の国旗の柄がはっきり見える頃には、思ってたよりも大きいな!?　というくらい大きくなっていた。

「どんだけ大勢で迎えに来たの」

そうつぶやいた時、船首に二人揃って並んでいるライモンドとガブリエーレの姿が目に入った。よく見なくても、二人から怒りのオーラが湧き出ているのが分かる。

「う、うわあ……すっかり忘れてたけど、私この後、ものすごく怒られるんじゃないかしら」

「それもそうですけど、着替えなくていいんですか」

マッキオに言われ、私は砂まみれの全身を見下ろした。あわてて振り向けば、レナートはぶかぶかのシャツをセクシーに着こなしてゆったりとトロピカルドリンクを飲んでいる。紛れもなく、王族のバカンス姿だ。

今さらコテージに戻る暇もなく、茫然としたまま船を出迎えた。浅瀬で船が止まると、まっ先にライモンドが船から飛び降りた。足が濡れるのも厭《いと》わずにこちらに向かって走って来る。その姿を見たら、どれほど心配していたことだろうと彼の心境を思って涙が出そうになった。そして、今すぐ逃げたくなった。だって、ものすごく怒った顔をしているんだもの。

いつの間にか私の隣に立っていたレナートが、まっすぐにライモンドの姿を目で追っていた。レナートは、弟子から受け取った大きめの麦わら帽子をかぶっている。こんな大切な再会のシーンなのにバカンス中の王族スタイルだ。そして、一人だけ逃がさない、とばかりに私のシャツをしっかりと握っている。

息を切らしたライモンドが目の前までやって来たが、何度も口を開いては閉じ、開いては閉じを

繰り返す。思いがあふれすぎて、言葉が見つからないのだ。

レナートがふっと眉を下げ、優しくライモンドの肩に手を置いた。

「心配かけた。この通り私は無事だ」

うつむいたままのライモンドが、肩に置かれたレナートの手にそっと自分の手を乗せる。

「いたたたた」

レナートが声を上げた。ライモンドがぎゅううとその手に力を込める。高く昇った太陽がライモンドの眼鏡を照らし、その瞳がどんな色をしているのかわからない。

「殿下……ご無事でようございました……本当に……」

ライモンドは言葉だけは殊勝に、しかし、口元はぎりぎりと歯噛みしていて、どう見ても怒っていた。

「レナート。どうなることかと思ったが……まあ、とりあえず生きていてよかった」

ガブリエーレも苦々しい表情ながらもレナートに優しく声をかける。

私はガブリエーレのその言葉にずきりと胸が痛んだ。レナートが生きていてよかった。彼は私のためなら自分の命をかけることさえ厭わない人なのだ。こんなにも私の身を案じてくれる人なんて他にはいない。

愛しているわ、レナート。もう一生あなたから離れることはない。

レナートの麦わら帽子が風に揺れる。

だから、どうか……。

「お願い、助けて。レナート。この状況何とかして」

私は真顔のライモンドとガブリエーレに無言で詰め寄られていた。

「ふむ、まさかこれほどまで無人島を満喫していたとは。両殿下ともなかなかたくましいイメージで理解した」

鷹揚に船を降りてきたレオンが私たちに向かってそう言った。

「大急ぎで救出に来たのだがむしろ邪魔をしてしまった、そんなイメージでもある」

麦わら帽子を弟子に返したレナートは、いつの間にかきりりと王太子モードに切り替えていた。

「レオン殿下。迷惑をかけた。尽力いただいたこと心より感謝する」

「なに、当然のことと理解している。何しろ私は皇太子。存分に頼るがよい」

レオンは誇らしげに胸を張り、ぱちりとウインクをした。そして、ふははは、と高笑いとともに兵士たちを連れてコテージへ消えていった。皇太子らしくごちゃごちゃと着こんでいるので、きっと暑かったのだろう。

「お世話になったわね。何はともあれ、皆のおかげで助かったわ」

「ルビーニ王国へ戻ったら、必ずや謝礼を送ろう」

ライモンドたちが持って来た服に着替えた私とレナートは、弟子たちに別れを告げた。弟子たちは遠慮することなく、レナートから送られるであろう豪華な謝礼を期待して飛び上がって喜んでいる。

船が動き出した。弟子たちが手を振りながら船を追いかけてくる。

「ちょっと、どこまでついて来るつもり!?」

私が叫ぶと、腰まで海に浸かったあたりでやっと立ち止まった。そのまま船と並んで泳いできそうな勢いだった。

甲板で私とレナートは並んで無人島を眺めた。レナートはいつも通り髪を結わえている。たった一日だけだというのに、髪を下ろしていたレナートが懐かしい。

風にあおられむき出しになった額に手をかざし、私は目をこらした。あっという間に島が遠くなっていく。鳥の鳴く声、波の音。すっかり嗅ぎ慣れた潮風に揺れる私の髪、袖、スカート。そして、腰に巻き付いた縄……。

レナートの宣言通り、私は牛用の手綱をしっかりと巻かれている。もちろん背中には浮き輪を背負っている。手綱の持ち手はライモンドだ。さっきからずうっと私たちの背後に控えている。

「殿下、そろそろお部屋に」

ライモンドに声をかけられ、レナートがしぶしぶ振り返る。ライモンドの隣には、不機嫌そうなガブリエーレが並んでいた。

「ああ、そうだな。……それで、その、部屋に戻ったら、これはいらないのではないか……？」

レナートがそう言って、私の腰に巻かれた縄を見る。そして、ゆっくりと自分の腰へ視線を移した。

「いいえ。少なくとも海上に、いえ、水場の近くにいる間はこのままですよ、殿下」

「……」

ライモンドがほほ笑んだ。レナートの腰にも、しっかりと縄が巻かれている。持ち手はガブリエーレ。私とレナートの信用はすっかり地に落ちていた。ライモンド、ガブリエーレ、そして護衛たちは満場一致でレナートの腰に縄を巻いたのだ。

「ふむ、縄で縛られる王太子は初めて見たが、確かに納得のイメージだ。周囲の者たちの心の安寧をもたらす姿なのだと理解しよう」

私たちの姿を見たレオンはそう言って、自分の部屋に戻って行った。案外柔軟なイメージの人なのね。私はそう理解した。

「あっ、また思考が支配されてしまったわ。……レオン、やはりあの人は私の最強の敵ね」

私の独り言に、気持ちは分かる、とガブリエーレが同意した。

私とレナートの手綱は船を降り馬車に乗った時に外された。

「お二人が縛られていると、アンシェリーン殿下が責任を感じてしまいますから。仕方がありません」

ライモンドの言う通り、アンシェリーンは私たちの顔を見るなりぼろぼろと涙をこぼした。いつもの憎まれ口もなく、普通の可愛い女の子のようだった。調子が狂っちゃうわ、なんて思っていたら、レオンがそっと彼女の肩に手を置いた。私たちのいない一日の間に何があったのだろう、二人は仲良くなっていた。というより、レオンがアンシェリーンを構い倒している。素っ気なく返事をしていたアンシェリーンは少しずついつもの調子に戻り、スカートを翻して去って行った。

「やれやれ、島での両殿下のご様子を教えろ、と言っていたのはアンシェリーンの方なのに。照れているのか。まったく、彼女はまだまだ子供のイメージなのだと理解しよう」

レオンは笑いながらそう言って、足早に去って行くアンシェリーンとベンハミンの後を走って追いかけて行った。

私たちは別荘に戻り、レオンが派遣してくれた医師に診察してもらった。丈夫な私はともかく、気を失った私を抱えて無人島まで流されたレナートは実はかなり疲労していたようだ。ふかふかのベッドに入った途端、丸一日昏々と眠っていた。

帝国での滞在を延ばしたので、その後の日程調整にライモンドは大忙しだった。私は外出を許されるはずもなく、眠るレナートのそばでぼんやり過ごしていた。ベッド横に椅子を引きずり、腰掛ける。

「これ持ってきちゃったけど、よかったのかしら」

私はポケットから無人島で拾った角材を取り出した。大仰な天蓋の隙間から射す陽光に角材を照らし、彫られた模様を確かめる。もしかして何か手掛かりが、と思ったけれど、やっぱりただの模様にしか見えない。レナートの言う通り、既に廃屋となった貴族の屋敷あたりから風に飛ばされたのか、動物が運んだのかしたのだろう。

私は眠るレナートに視線を移した。サラサラの金髪の下には、同じ色の長いまつ毛が伏せている。しわの寄っていない眉間。薄くほほ笑んでいるような形の良い唇。

「レナートって本当にきれい」

両手でベッドに頬杖をついてそうつぶやけば、だんだんと私まで眠くなってしまった。うとうとと瞬きを繰り返すうちに、私の意識は遠くなっていった。

「ハッ！　寝てたわ！」

私はそう叫びながら飛び起きた。しかし、部屋にはだれもいない。

私は先ほどまでレナートが寝ていたはずのベッドに寝かされていた。当のレナートの姿はすでにない。窓を見れば、日はとっくに落ちていて、あれから数時間経っているようだった。ベッド脇のテーブルには小さなランプが置いてあり、ぼぼぼと低い声を上げて火を灯している。

寝起きの目をこすりながら、ふと隣を見れば寄り添うように角材が寝かされていて驚いた。きっとこんなことをするのはレナートに決まってる。

角材に布団をかけ直し、子供をあやすようにポンポンと二回叩いてからベッドを下りようとしたら、部屋の扉からノックの音が聞こえた。

「おや、ミミ。起きていたのか」

返事をする前に扉が開き、おそるおそるレナートが顔をのぞかせた。上品なシャツ、大きな宝石のついたタイピンでとめたクラバット。眉間にしわを寄せてきりっと口元をひきしめた王太子モードのレナートは、ゆっくりと睡眠をとったおかげでつやつやととても健康そうだ。

「まだ寝起きでぼんやりしているのかな。疲れているのならまだ寝ていなさい」

レナートの美貌に見とれていたら心配されてしまった。私を寝かせようと伸ばしてきた彼の腕を摑んで立ち上がる。

「私の寝起きがいいのレナートも知ってるでしょ。元気いっぱいよ。今すぐにでもステーキが食べられるわ」

「なんて心強いことだ。実は、アンシェリーン皇女がお見舞いに来ている。ミミは寝ていると言ったのだが、寝顔を見るだけでも、と待っているのだ。どうする？」

「私も会いたいわ！」

レナートが頷くと、スザンナに連れられてアンシェリーンがおずおずと部屋に入ってきた。手には大きな花束を持っている。

「わあ、きれいなお花。ありがとう、アンシェリーン殿下」

「お見舞いの常識くらいは持ち合わせておりましてよ。あなたと違って」

アンシェリーンはそう言って、連れてきた侍女に花束を手渡した。侍女が花瓶に生けた花束を窓辺に飾る。その姿を眺めていたら、ハッと息を呑む声が聞こえた。

振り向くと、アンシェリーンがベッドを見つめたまま固まっている。どうしたのだろう、と、私の隣でレナートも首を傾げていた。

「マ、マリーア様！　あなた、何てものと一緒に寝ていますの！」

アンシェリーンがおののきながら後ずさる。

「ぬいぐるみと一緒に寝ているのかと思って覗いてみれば……！　何てこと」

「角材といつも一緒に寝てるわけじゃないわよ！」

しまった。角材と添い寝するようなおかしな癖があると思われてしまった。あわてて否定したものの、アンシェリーンは青ざめたままだ。

「寝ているミミが握ったままなかなか離さないから、よっぽど気に入っているのだろうと思って一緒に寝かせたのだが……まずかったのだろうか」

「……薄々感じておりましたけれど、レナート殿下ってもしかして、ちょっと微妙に……アレですわね」

戸惑うレナートに、アンシェリーンも戸惑って言葉を濁す。

「ち、違うの。レナートは変な人じゃないの」

「わたくし、そんなこと言っておりませんわ」

「レナートはちょっとだけ、人よりも純粋な人なのよ」

「物は言い様ですわね……」

スザンナの持って来た椅子にアンシェリーンが静かに腰を下ろした。レナートの言動のおかげで少しだけ落ち着いたようだ。私たちもベッドに腰を下ろす。

「これは無人島で拾った角材よ。旗の代わりに皆でビーチフラッグして遊んだから、思い出に持って帰ってきたの」

寝かせていた角材を手に取り、私は説明した。私の言葉にアンシェリーンが愕然とした表情を浮かべる。

「マリーア様。あなた、これが何なのか分かっておりますの？」

「知らないけど」

「知らないじゃありませんわ！」

アンシェリーンが忌々《いまいま》しそうに、私の手のひらの上の角材を睨みつけた。

「それは、我が帝国の属国となった地域の神事で使われる形代ですわ。侵略戦争の際に失われたと聞いておりましたが……なぜ、あなたが」

「この角材が形代？　雑すぎませんか」

「横に穴が空いているでしょう。手足のようなものがついていたはずです。運ばれた際に取れてしまったのでしょう」

よく見れば、角材の側面と底辺には合わせて八つの穴が空いている。手足の数が多い！　背筋がゾッとした。

「えええ、これは本当に無人島で拾ったんです。木の上に載っかっていて……」

私があわてて否定すると、レナートが私の肩に手を置いた。

「それは私も見ていたから間違いない。木の上に載っていたのだ。海に流され、動物が運んだのではないだろうか」

「レナート殿下がおっしゃるのなら、そうなのでしょう……」

「私の信用のなさ」

愕然とする私を尻目に、レナートがあごに手を置いて頷いた。

「どこかで見たことのある文様だと思っていたが、そうか。古い文献で見たのだった。確か、クライフ……というごく狭い地域での祭りで飾られているものではなかっただろうか」

レナートの言葉に、アンシェリーンがゆっくりと頷く。

「さすがでございますわ、殿下。クライフは数年前にアントーニウス殿下が攻め落とした小国の一地域です」

「ふむ。そして、そこは……」

レナートは言葉を選ぶように言いよどんだ。

「ええ、クライフは最後まで属国となることを拒んでいた地区です。現在、名目上は帝国となりましたが、今でも我が帝国に対して非常に反発が強く残っています。アントーニウス殿下が強引な手段を取ったせいで、穏健派の兄が苦労しているのですわ」

アンシェリーンが形の良い眉を寄せ、扇を開く。

「あれっ、じゃあ……これがここにあるのは……」

私はそう言って、手のひらの上の角材を持ち上げた。レナートの眉間のしわが深くなる。

「とてもまずい状況だな」

「うわっ、わわわ、どうしよう。島に返しに行こうかしら」

角材をつまんで床に放り投げようとしたら、レナートに止められた。

「島に返すのではなく、クライフの民に返した方が良いだろう」

「そっか。そうよね。きっと探しているものね」

私たちの会話に、アンシェリーンが目を閉じて考える様子を見せた。

「……近々、お兄様がクライフを訪問する予定があったはずですわ。件《くだん》の神事を行うそうなのですが、肝心な形代がないので準備が滞っていると聞いています。新しい形代の作製費用を弁償するために、お兄様が出向くのです」

「なるほど。では、その際にこれを持って行けば解決するというわけか」

「そうね！　レオン殿下が見つけたってことにしたらいいわね」

私がポンと手を打つと、アンシェリーンが瞬いた。

「正直に話したら、私たちが無人島にいたことも説明しなきゃならないし」

「そうだな。ミミが木に登って見つけたことは言わない方がいいかもしれない」

「木に登って!?　マリーア様！　あなた、一体何をしておりましたの？」

「アンシェリーン殿下にも言っちゃだめよー！　レナート！」

木の実を採るために木登りしていたことを説明すると、アンシェリーンはドン引きした顔をしたものの、すぐに凜と姿勢を正した。

「まあ、いいですわ。マリーア様についてはそれほど驚くこともございません。クライフにそちらを返すという話はわたくしから兄にしておきましょう。お休みのところ長居してしまい失礼いたしましたわ。ごゆっくりご静養くださいませ」

アンシェリーンは美しい礼をすると、しずしずと部屋を出て行った。

ライモンドのもとにレオンからの使者がやって来たのはそれから数時間後のことだった。

使者から告げられた内容は、私たちにレオンのクライフ訪問に同行してほしい、というものだった。そのため、私たちの滞在に合わせて訪問予定日を早めるのだそうだ。

「どうして私たちも一緒に行かなきゃならないのかしら」

首を傾げる私の肩にレナートがそっと手を乗せる。

「一緒に行けば、我々がレオンの後見をしているように見える。ルビーニ王国の後見のあるレオンが失われた形代を見つけ出してきたとしたら、以前が横暴だったアントーニウスだっただけに、印象はかなり良くなるかもしれない」

「なるほど。もしかして軍服を着ていないのも好戦的ではないっていうアピールなのかしら」

「そうかもしれないね」

「そしてあの、独特な口調」

「それが好印象につながるかは分からないが……。また、先日、兵士に刺客を紛れ込ませたのも十中八九エーリクであろう。巻き込まれた我々が行方不明になったのは彼らにとっても想定外だったはず。これ以上ルビーニ王国を敵に回すことは悪手でしかない」

「そっか、私たちが傍にいれば、向こうもそうそうレオンに手が出せないってことね」

「ええ、二度も巻き込まれましたら、さすがに私も黙ってはおられません」

ライモンドの眼鏡がキラリと光った。

本来ならば、私たちが行方不明になった責任を追及したいところだが、そもそも川に落ちたのは私が橋の欄干に乗ったせいでもあることと、レオンが捜索に協力し船を出してくれたことで保留にしているのだそうだ。

「お二人ともくれぐれも私たちから離れないように。はあ、何事もなければよいのですがねぇ」

「……」

「ライモンド様も苦労するわねぇ」

「誰のせいだと思ってるんですか！　まったく、縄を透明にすることのできる呪術師はいないのでしょうかね」

「そんな都合のいい呪術師、いるわけないだろ……」

壁に寄りかかって黙ったままだったガブリエーレのつぶやきは誰にも聞こえてはいなかった。


「ああ、さすがに疲れたな。少し休ませてくれ」

そう言ってレナートが部屋に入ってきた。扉の向こうにはライモンドがいるのだろう、レナートがちらりと目配せをした後、扉を閉めた。

私たちが別荘で休養しているという話がどこで漏れたのか、ひっきりなしに帝国の貴族や商人たちの訪問が続いた。私はこうして居間に閉じ込められているのだが、レナートとライモンドは広い応接間で朝から彼らの応対で大忙しだった。

「お疲れ様、レナート。座って休むといいわ」

ソファに座った私は、隣の席をポンポンと叩いて言った。

「ありがとう、ミミ」

そう言ってすぐにソファに腰を下ろしたレナートは、背もたれに肘を置いて完全に横向きに腰掛けた。すぐそばからレナートの空色の瞳が私を見下ろしている。

「レッ、レナート！　近すぎるわ」

「ミミを見ていると癒されるんだ」

近い。ものすごく近い。私を見ると、なんて言っているけど、実際のところほぼ顔しか見えていないはずだ。ずりずりと座ったまま後ずさる私を詰めるように、レナートが迫ってくる。ひじ掛けに私の背があたり、とうとう追い詰められてしまった。

「わああ、えっと、そうだわ、レナート。武術の型を見せてあげる。見るの好きでしょう」

「じゃあ、そうだな。40番台を見せてもらおうかな」

「40番台は門外不出の秘技だってば！　いくらレナートであっても簡単には見せられないわ！」

「そうか。残念だ。では、やはりミミの顔を見ていることにしよう。よいしょ」

「わああ」

レナートにがっしりと押さえつけられ、膝の上に乗せられてしまった。いけない、これはダメな体勢だわ。

「しまった、抜け出せない！」

「ミミの顔がよく見える」

「……仲が良いのはけっこうですが、何をなさっているのですか」

鼻が擦れ合いそうな距離で凝視されていたら、扉のところでライモンドが呆れていた。

「お前はいつもタイミングが悪いな」

「ナイスタイミング！　ライモンド様！」

レナートの腕の力が抜けた瞬間に、私は床に下り立った。

「私だって二人きりにさせてあげたいとは思っていたのですが、レオン殿下から連絡がありまして、この後クライフへ訪問することが決定したそうです」

ライモンドの言葉にレナートが顔をしかめる。

「明日の予定と言っていたではないか。せっかくミミを鑑賞していたのに」

「イルーヴァ女史によると明日は猛暑の予報なのだそうです。暑い中外を歩くのは嫌だ、と言ってレオン殿下が予定を変更されたとか」

「ああ、レオン殿下ってごちゃごちゃと着こんでるものね」

私がそう言うと、気持ちは分かる、とレナートが深く頷いていた。王子様って大変ね。

「さあさ、お二人ともお出かけの準備をしてください。殿下、マリーア様は道中でじっくり眺めることができますから」

「仕方ない、そうするか」

「二人は私の事を珍獣か何かだと思ってるのかしら」

私は侍女たちに奥の控えの間に押し込まれた。


外出用のワンピースに着替え、たっぷりと日焼け止めを塗られた私はちょっとだけ顔がテカテカしていた。馬車で向かいの席に座ったレナートが、そんな私の顔をじっくりと眺めている。

「そんなに見たっていつもと変わらないわよ、レナート」

「いや、今日のミミはいつもよりも輝いて見える」

「それは日焼け止めだって言ってるでしょ！」

両手でごしごしと顔をこすっていたら、レナートの隣に座るライモンドが手で口を隠して笑いをこらえていた。

「ふふふ、マリーア様が毛づくろいする珍獣に見えてきてしまいましてね。おっと、これは失礼しました。心の声が、つい」

「ライモンド様まで！」

そんなレナートとライモンドの笑い声の絶えない馬車は、数時間後にはクライフへと到着していた。私たちの前を走る馬車には、レオンとアンシェリーンが乗っている。二人も私たちみたいに楽しく過ごしていたのかしら、と思ったが、馬車を降りてきたアンシェリーンの表情はひどく疲れていた。その代わりに、レオンは上機嫌であった。きっと、レオンがアンシェリーンに一方的に話しかけ続けていたのだろう。

「急にレオン殿下がアンシェリーン殿下との距離を詰め始めたわ」

私がつぶやくと、レナートも手で口元を隠しながら私にそっとささやく。

「ああ。今まで政治の駒のように扱っていたのに。見たところレオンの方に心境の変化があったようだが」

レナートはそう言い、首を傾げて黙ってしまった。

アンシェリーンを追いかけるレオンの後ろには、相変わらず不敵な笑みを浮かべたメダルドとレミージョが続いている。そして、最後尾にはゆっくりと歩くベンハミン。一列になって歩く帝国皇族ご一行様が、やっと私たちと合流した。

「ごきげんよう、レナート殿下。そしてマリーア妃殿下。今日は天気も良く、私はクライフとの会談をつつがなく迎えられるイメージに満ち溢《あふ》れているよ。さあ、さっそく赴こうではないか！　我が妹よ」

レオンが大仰に差し出した手を嫌そうに横目で見やり、アンシェリーンはさっさと一人で歩き始めた。ちょっと気の毒だわ、と思ったけれど、その手を私が取るわけにもいかず、その場にいた全員が気まずそうにレオンの前を通り過ぎてゆく。しかし、レオンは全くめげることなく、足早にアンシェリーンに追いつき、無理やりその手を取った。アンシェリーンが嫌々ながらも手を引かれて歩いて行く。

馬車はクライフの中心街に到着したようで、たくさんの人々が行ったり来たりと中々の賑わいを見せていた。規模としては、街というよりも集落の広場と言った方がいいかもしれない。周囲に素人の手作り感満載の簡素な小屋が建ち並んでいる。店先に置かれた台には乱雑に商品が積み上げられていた。

「ここは市場なのかしら」

私がそう言うと、隣にいたアンシェリーンがこくりと頷く。

「そのようなものでしょうね。食べ物から日用品まで様々なものが売られているようですわ」

扇で口元を隠しつつも、アンシェリーンは珍し気に広場を見回していた。すると、ばさりとローブのフードを脱いだレミージョが近付いてくる。

「フフフ……あのピンク色の魚は見た目に反して非常に美味なのです。今年は特に大漁だったらしく、庶民にも買い求めやすい値段で市場に並んでいます……フフフ」

その隣に並んだメダルドが、親指でローブのフードをちらりと上げ、一重の細い目を不気味に弓なりにした。

「ククッ。あの魚は煮魚にすると美味い……骨が少ないので食べやすく、甘く味付ければ子供も好んで食べる……ククッ……その隣に売っている細長い魚は一晩干してから焼くと臭みが抜ける。クク……ふふっ、ははははは」

レミージョとメダルドは私をひと睨みした後、口の端を歪め、ゆっくりと去って行った。レオンのもとへ戻る間にも、何度もこちらを振り返っては不穏な笑みを浮かべている。

「…………えっ？　もしかして、あの魚の美味しい食べ方を教えに来てくれたの？」

「そのようですわね。あの二人は平民出身ですから、市場での買い物にも詳しいのですわ」

「まさか、あの二人ってとっても親切な人なのかしら」

ポカンと口を開けて驚く私に、アンシェリーンの後ろに控えていたベンハミンが呆れて笑う。

「レミージョとメダルドは帝国所属呪術師の中ではかなり人当たりの良い方ですよ」

「どこが!?」

「妃殿下たちに会うたびに笑みを浮かべてたでしょう」

「あれ、歓迎の笑顔だったの!?」

なんとあの二人はとっても良い人たちだったらしい。あの不敵な笑みを見せられて、誰が友好的な態度だと思うのだろう。

「……見た目に惑わされないように気を付けていたのだが、今回ばかりは私も思い違いをしていたようだ」

「はあ、私もまだまだですね」

私とベンハミンの会話を聞いていたレナートとライモンドがボソボソとつぶやいていた。


建ち並ぶ店の奥に進むにつれて、行き交う人々が増えていった。近々行われるという神事の準備なのだろう、木の板で作った小さなステージの上には祭壇のようなものが置かれている。そこに、人々が持ち寄った供物の果物や野菜などを無造作に供えていった。

「はて、首長はどこだろうか。こういった準備には率先して参加しているイメージであったが」

レオンが首を傾げる。そういえば、帝国の皇太子が来ているというのに、クライフ側からは何の接触もない。行き交う人々は、私たちのことをただの観光客かのようにちらりと見るだけで、そのまま立ち去ってゆく。

まだレオンは皇太子として認められていないということだわ。

その光景にレナートがわずかに眉をひそめる。一方、レオンの方は自分が軽んじられているという この状況にも動じることなく淡々と神事の準備を眺めていた。

「すまない。首長はどこにいるだろうか」

レオンの側近が、大工道具を抱えて歩いている青年に声をかけた。青年はレオンのことを知らないのだろう。朗らかな笑みを浮かべて振り向く。

「ああ、リーダーなら、ほら、あそこ。祭壇のすぐ下にいますよ。実は、新しい形代が見つかったんで、昨日から張り切って祭壇を組み立てているんです」

「ほう、新しい形代とは。驚きのイメージだ」

レオンが青年の言葉に瞬いた。

「いやあ、聞いたら驚きますよ。首長が漁から帰ってきて浜で網の手入れをしていた時に、大きなウミガメがのしのしと歩いて来たそうです。なんとその背には、何とも不思議な形をした美しい置物が載っていたんです。あれは、きっと神からの遣わし物に違いありません。予定を早めて、今夜から神事を行うことにしたんですよ。だから、もう皆忙しくって」

じゃ、と言って、青年は道具箱を抱えて去って行った。

「へえ。新しい形代が見つかっただなんて。じゃあ、あの角材はもういらないのかしら……。ん？ どうしたの？　ライモンド様」

横を向いたら、ライモンドが目をこらして遠くを見ている。そして、眼鏡を外してごしごしと目をこすった後、再び同じ方向を食い入るように見た。

「ミ、ミミ……あれは……」

ライモンドと同じ方向を凝視していたレナートが、視線はそのままに私を呼んだ。

何があるのか、と二人の視線の先を辿っていくと、そこには祭壇があった。祭壇の一番上には、白い大皿が置かれている。

「ん？　え？　……ええっ!?」

私が声を上げると、アンシェリーンとベンハミンも祭壇の方を見た。そして、揃って息を呑む。ティートとスザンナがぎょっと目を見開いた。

祭壇の一番上に置かれた大皿。その上には、陽光を受けて硬質な輝きを放つ、四つの輪……。

「ななな、なんで私の髪飾りがー！」

祭壇の一番上に祀《まつ》られているのは、まごうことなき私の髪飾り。アンノヴァッツィ家直系女子の証である、家紋を模した髪飾りである。

「溺れた時に海に流され、その後ウミガメが拾ったのか、もしくは偶然背に乗ったのか……。それにしても、どうしたものか」

レナートが額に手を置いて目をつむった。これほど苦悩した表情を見せるのはめずらしい。

「さっきの大工さん見たでしょ。神様からの遣わし物だってあんなに喜んでたのよ。それ実は私の髪飾りでーす。素敵でしょ、えへへ。……なーんて、言えるわけないわ！」

両手で頭を抱える私の後ろで、レオンも悩まし気に空を見上げている。

「……これはさすがに驚愕のイメージ。なるほど、見ようによっては神からもたらされたとしか思えない不思議な形状をしている。このまま形代として未来へ受け継いでゆかれるのだと、そう理解しよう」

「そんなこと言ってる場合かー！　あれがうちの家紋だってバレたら大変なことになるでしょう！」

「なるほど、家紋なのか。それはいつか気付く者もあらわれるであろうな」

「現にたった今、私たちが気付いているじゃない！」

もはや礼儀も忘れ、がくがくとレオンを揺すってそう叫んだ私は、青ざめているライモンドに振り返った。

「ライモンド様、あれ取り返してきて」

「なぜ私が」

「あなたの気配消しのスキルは一流だもの」

「さすがにこんな状況では無理でしょう」

「じゃあ、ベンハミンさん！　お願い、髪飾りとこれを取り替えてきて！」

私は逃げようとするベンハミンのローブをすばやく摑み、本物の形代である角材をぎゅうぎゅうと押し付けた。

「ちょっと、そんなこと無能な俺にできるわけないでしょ」

「パパっと、何かこう、呪いの力で！　お願い！」

「無理言わないでくださいよ。俺の呪術は手品じゃないんですから」

「お願い、何とかしてよー、うわーん」

私とベンハミンの会話を聞いていたレナートが、ハッとしたように目を見開いた。そして、ベンハミンを摑む私の手にそっと手を添えて、ニコリと笑う。

「いるではないか、手品が得意な者が」

レナートの言葉に、全員がぽかんとした。そして、一斉にレオンを見る。

「な、何だ、その目は。さすがにこの私でも取り換えなど無理なイメージに決まっているだろう」

「お願いいぃぃい、レオン殿下！　何とかしてー」

手を合わせて必死に頭を下げても、レオンの顔は渋いままだ。キリッと眼鏡を上げ、冷静さを装ったライモンドも加勢する。

「ここで殿下が本物の形代を届ければ、クライフの住民もあなたを信頼することでしょう」

「そんなにうまく行くものか」

そう言ってレオンは私たちに背を向ける。何とか説得しなければ、と身を乗り出した私の目の前に、ばさりと紫紺のローブが広がった。

「殿下、私たちにお任せください」

「あなた様の力になれるのであれば、我々は身を尽くします」

フードを下ろしたレミージョとメダルドが、まっすぐにレオンに向かってそう言った。これ以上ないほどに眉をひそめたレオンがあわてて振り返る。

「お前たち、何をするイメージでいるのだ」

「殿下が我が帝国の皇太子にふさわしいお方だと知らしめるチャンスなのです」

「我々の王はレオン殿下、ただ一人。俺たちが必ずやり遂げてみせましょう」

「おい、やめろ。お前たちをそんなイメージで連れてきたのではない」

レオンの制止を振り切り、レミージョとメダルドはローブを翻して広場の真ん中へ走っていってしまった。そして、二人は両手を天に向かって高く挙げた。

「うわ、あいつらこの広さで。マジか」

ベンハミンはそうつぶやくと、ローブの袖で口元を覆った。

レミージョとメダルドの額から流れた汗があごを伝って地面に落ちる。しかし、広場を行き交う人々は変わりなく忙しそうにしている。元気よく呼び込みをする市場の売り子たちの声は途切れることもない。

「確か二人の能力は……」

レナートはそう言うと、品よくそっと右手を口に当てた。

「痛っ」

「うわっ」

遠くで声が上がった。

「いてて、誰だよ」

「おっと、悪い。静電気が」

私たちのすぐそばを歩いていた二人の肩が近付いた瞬間、パチッと音がした。そして、二人が痛そうに肩を押さえる。

「いてて」

「わっ、びっくりした」

「いったぁ。おいぶつかるなよ」

「そっちだろ、ぶつかってきたのは」

そこらじゅうでパチパチと音を立てて静電気が起き、人々が顔をしかめる。痛みに上がる声で辺りはわいわいと急に騒がしくなった。

「これは、メダルドの呪い！」

私がそう叫ぶと、メダルドは細い目をこちらに向けニヤリと笑った。

「うわっ、スザンナ！　お前の髪どうした！」

「どうかしたか？　ティート」

静電気でたんぽぽの綿毛のようにまあるく髪が広がったスザンナの姿に、ティートが飛び上がって驚いた。その拍子にティートの手がスザンナにぶつかり、バチン、と静電気が起きる。二人が悲鳴を上げた。

「私たちもぶつからないようにしましょう」

私がティートたちから距離を取ってそう言うと、ライモンドが顔をひきつらせながらも冷静に眼鏡を上げる。

「エフェメラルな　記憶をたどりました
惑わされることはないのです　尊き血は」

「え!?　ラ、ライモンド様？」

ライモンドの顔色がさっと青ざめ、すぐに両手で口を押さえた。

「今の……もしかして、ポエム？　えふぇめらる、って何」

私がそう言うと、ライモンドが確かめるようにおそるおそる口を開いた。

「王族には術をかけないはず　私はそう言ったのです……

けれども、紡がれたのは　ため息交じりの　アイロニー」

「ライモンド様がポエミージョの呪いに！」

私の叫び声に、両手で口を押さえたライモンドが頽れる。これ以上ないほどに眉をひそめたレナートが、不憫《ふびん》そうにライモンドをただただ見下ろしていた。

私たちの周りでも、静電気に驚く人々に交じって笑い声が聞こえてくる。

「お前、あはは、突然何を言い出してるんだよ」

「日が昇る　雲が流れる　星が輝く
　今日も月が語りかける　なんてすばらしい人生だ」

「突然何言ってんの。お前詩人にでもなったのかよ、あはは。って、いってえ！　誰だぶつかってきた奴」

「目が覚めるほどの　衝撃は　まるで蜂のよう
　気付かないうちにそばにいて　僕を驚かせる」

「おい、静電気で火花起きたぞ。大丈夫か」

「痛い！」

「君も僕も　振り返って見たんだ
　痛みが胸を刺した　あわてふためいて」

「やだ、すごい静電気。スカートが足に巻き付いて歩きづらい」

そこかしこで上がる様々な声。あっという間に広場は大混乱になった。

「う、うそ。呪いってこんなに広範囲に使えるものなの？」

私がそう尋ねても、手で口を押さえたベンハミンは目を細めるだけでこたえない。彼の背に隠れるようにしていたアンシェリーンが扇で口元を隠したままぽつりぽつりと話し始めた。

「これほど、……大勢の人々に呪術を、かけているのは、……わたくしも初めて見ましたわ」

呪術にかかっていないことを確認するように言葉を区切り区切り話したアンシェリーンは、ポエムになっていないことに安心してほっと息をついた。

「これほど王族になって良かったって思ったのは初めてよ」

私は心からそうつぶやいた。しかし、アンシェリーンもレナートも、警戒して口を押さえ言葉を発しようとしない。

パチン！　パチン！

「痛っ」

「うわっ、火花散ったぞ」

静電気の弾ける音と悲鳴と共に、私とレナートの目の前に真っ赤な背中があらわれた。

「お前たち、何をしている！　レナートを守れ！」

レナートを背に、左腕を上げたガブリエーレが凛と叫んだ。

その声に、レミージョとメダルドの呪術に混乱していた近衛騎士たちがハッとしてすぐに体勢を整える。が、うっかり近付きすぎて静電気が起こり、顔を歪める。数人は地面に膝をついたまま動けないでいる。彼らはポエムの呪いの被害者だろう。

「近衛騎士たる者、それくらいでひるんでどうする！」

ガブリエーレの声に、蹲っていた騎士たちが苦しそうに立ち上がった。

私の腰のリボンをしっかりと握ったレナートがおそるおそる口を開く。

「ガブリエーレ、お前は大丈夫なのか……？」

そうレナートが声をかけた途端、ガブリエーレの伸ばした左の指先から肩にかけて、バチバチッと音を立てて静電気の火花が走った。これは相当痛そうだったが、ガブリエーレは顔色一つ変えない。

「だ、大丈夫ではなさそうだな。いや、これは大丈夫と言っていいのか？」

驚いて目を見開いたレナートが私を自分のそばに引き寄せる。きっと、ガブリエーレの火花に巻き込まれないように守ってくれているのだ。

「この状況で動じないだなんて。ガブリエーレの胆力がこれほどのものだとは」

心の底から感心した私の声に、レナートの眉がぎゅっと寄せられた。混乱する広場を見渡し、とても辛そうに目を細めている。

警戒して身じろぎするたびに、ガブリエーレの腕や肩にはバチバチと静電気が走っている。それでも彼は何事もなかったかのように真剣な表情を保っていた。

広場のどこかでいさかいが起きたらしい。お前がぶつかってきたんだ、先にお前が、と言い合う声とそれをなだめる声が聞こえてきた。反射的にガブリエーレが腰の剣に手をかけて構える。

「だめよ、ガブリエーレ！　今、金属に触ったら……」

私の制止の声よりも早く、ガブリエーレの腕から剣に向かって火花が走る。

「ガブリエーレ様が雷《いかづち》の剣《つるぎ》を！」

静電気で髪の逆立ったスザンナが叫んだ。

「ぐっ……」

「レナート!?」

レナートが手で顔を覆ってふらりとよろめいた。あわてて抱き着くと、レナートは私の肩に顔をうずめて震えている。

「レナート！　どうしたの？　まさか、呪いの影響が？」

「ふっ……ふふっ、……あははははは。雷の剣って……そんな、ははは。そんなことを言われてどうしてガブリエーレは冷静な顔をしていられるんだ」

背中越しに聞こえるレナートの笑い声に、ガブリエーレが少しだけムッとして眉をひそめた。

「妙なところがツボに入っちゃったのね、レナート」

「あはは。動けないライモンドに、動じないガブリエーレの温度差がっ……ははははは。もうダメだ。私も動けない」

レナートはそのまま私に抱き着いたまま笑い続けていた。

私たちを含め、騒然となった広場の中央でレミージョとメダルドがこちらに振り向く。

「さあ、殿下！　この隙に！」

「ここは俺たちに任せて、殿下！　やっちゃってください！」

いち早くこの混乱を収めたい私たちは、すがるようにレオンを見つめた。腕で顔を隠したレオンが叫ぶ。

「や、やめろ。こちらを見るな。誰がどう見たって無理なイメージだろう、この状況。私をお前たちの馬鹿騒ぎに巻き込むな」

「お願い、助けて！　レオン殿下！　あなたにしかできないことなの」

私はレオンに手を伸ばして叫んだ。

「お兄様、わたくしからもお願いいたします。どうか早くこの場を収めてください」

アンシェリーンも両手で扇を握りしめて懇願する。

「ぐっ、私は……」

右手で胸を押さえ、レオンが苦悩するように後ずさった。

その背後で、どちらの静電気が先だったかでもめていた二人組がよろけて、レオンの方へなだれ込んできた。腕を伸ばしてそれを防いだティートが口を開く。

「いのちは　だいじだよ
　うごかないで　じっとしていれば　だいじょうぶだよ」

「ティートの語彙力ー！」

私の声に、さらにレナートが笑ってしまい、苦しそうにお腹を押さえる。

「お願い、助けて！　レオン殿下。このままでは私の愛する夫の腹筋が崩壊してしまうわ」

もはや立っていられないレナートを抱きしめて、私は真剣なまなざしでレオンを見上げた。

「皆が……私に……助けを求めている……？」

苦悩するように両手で頭を抱えたレオンがつぶやく。レナートが息も絶え絶えに何とか顔を上げた。

「どうした、レオン殿下。……く、君主たる者、民の期待にこたえずしてどうする」

「うっ……」

レオンが両手で頭を掻きむしる。

「さあ、早く行け。そして、あなたにしか成すことのできない……っ、この使命を果たすのだ」

レナートはそう言うと、ぐったりとして再び私にもたれかかった。

レナートの言葉にはじかれたようにレオンが顔を上げる。その瞳には、強い意志が宿っていた。

「……くっ……そうだ、私は皇太子レオン。近い将来皇帝となる者。皆の者、存分に私を頼るがよい。この不可能なイメージを覆し、必ずや成し遂げてみせようぞ！」

レオンがまっすぐに祭壇の一番上に祀られた髪飾りを睨んだ。

「祭壇までの道は私が空ける！　任せたわ！　レオン殿下」

ぐったりしたレナートをガブリエーレに託し、私は角材をレオンに手渡した。レオンはすぐに角材を上着の内ポケットにしまう。

「行くわよ！　ティート！　スザンナ！」

「御意！　お嬢様！」

「妃殿下だ！　ティート！」

ティート、スザンナ、そして私は同時に人込みに向かって走り出した。その途端、前を走るティートとスザンナの肩が触れ、激しい静電気が起きる。

「痛ってえ！　離れろよ、スザンナ」

「ぶつかってきたのはお前だろう！」

「ちょっと、やめなさい。こんな時に」

私の制止の声を振り切り、二人はつかみ合いのケンカを始めてしまった。これはまずい。アンノヴァッツィ家のケンカは、ただのケンカではない。

ティートが自分の腕を掴むスザンナの手を払い、そのまま腹にパンチを打ち込む。それを軽く受け流し、スザンナがキックでティートの足首を払う。パシーンと激しい音が響いたものの、ティートには効いていない。ティートが顔を狙ってパンチを打つ、その速さについてゆけずにスザンナの頬が弾かれ揺れた。すぐに体勢を立て直したスザンナが構える。

「おい、熊とセクシー美女が揉めてるぞ」

ティートとスザンナの激しい攻防に、わいわいと人が集まってきた。

ティートが再び重いパンチを繰り出す。同時にスザンナが高速の上段蹴りを放つ。

それを黙って見ていた私の影がゆらりと揺れた。

「護衛対象から離れるなって言ってるでしょーが!!」

右手でティートのパンチを受け止め、左手でスザンナのケリを払い、私は二人を同時に投げ飛ばした。受け身を取っているものの、体の大きなティートが激しい音を立て地面に叩きつけられるのを見て、おおーっ、と大きな歓声が上がった。

その人込みを掻き分け、体格の良い初老の男性が私の目の前に躍り出た。そして、私の右手を掴むと天に向かって高く持ち上げる。その瞬間、私の背後がカッとまばゆく光った。向こうにいるベンハミンの瞳が紅く染まっている。あまりのまぶしさに手で目を覆う者、驚いて目を瞬かせる者。そして、指の隙間から様子を窺っていた者は、後にこう語ったという。高らかに手を上げた金髪の女性の姿は、まさに神々しい後光を放っているかのようだった、と。

「勝者！　この可憐なご令嬢！」

初老の男性がそう叫んだ。周りの人々の様子から、この男性がこのクライフの首長のようだった。

手を下ろした私は、大きく息を吸って元気よく声を張り上げた。

「皆、歓声をありがとう！　私はマリーア。マリーア・ディ・ルビーニ。ルビーニ王国の皇太子妃よ。今日は皆さんによいお知らせを伝えるためにやって来たの」

私はそう言い、パッと後ろに振り返って手を伸ばした。

「彼と一緒にね！」

私の指した方向を観衆がいっせいに見た。そこには、やや不機嫌そうにうつむいたレオンが人差し指を額にあてて立っていた。

「……おお、あれを見ろ！」

「形代だ！　俺たちの形代が戻ってきた！」

人々が次々と声を上げる。祭壇の大皿の上には、私の髪飾りの代わりに角材がちょこんと鎮座していた。まばゆい光が放たれたその一瞬に、レオンがすばやく取り替えたのだ。

姿勢を正し、ぴしりと上着の襟を直したレオンが堂々と胸を張った。

「クライフの住民たちよ、よく聞け。我が名はレオン。サンデルス帝国皇太子である。本日、私は偉大なる神より神託を授かり、この地へ罷《まか》り越した」

ざわめきがぴたりと止まった。誰もがぽかんと口を開けて、レオンの言葉に耳を傾けている。

「とくと見よ。そして歓喜するがよい。神がその真のお姿をあらわされた」

レオンの言葉に、クライフの住民たちが大きく息を呑む。そして、一斉に声を上げ始めた。

「なんて尊いお姿だろう」

「神がレオン殿下をお選びになった」

歓声と拍手。レオンがいつもの尊大な態度で大仰に両手を広げた。さらに盛り上がる歓声。首長がステージに上がっていく。髪もひげも白髪まじりだが、体格が良く特に肩と二の腕の筋肉が隆々としている。彼は笑顔でレオンに声をかけると、無理やり彼の右手を取り固く握手した。

「ふむ、どうやらうまく行ったようだな」

いつの間にか復活したレナートが私に身を寄せてささやいた。

広場の中央では、レミージョとメダルドが涙を流して拍手している。止むことのない歓声。クライフの住民の心は一つになった。

リーダーが高らかにレオンの名を呼ぶ。

人差し指でさっと前髪を払ったレオンが歓声にこたえるようにほほ笑む。その瞳は、心なしかうつろだった。


「……まったく、こんなイメージでここへ来たのではなかったのだが……」

レオンがぶつぶつとつぶやきながら、私たちの元へ戻ってきた。眉間に拳をあてて、はああ、と大きなため息をついた後、懐から私の髪飾りを取り出す。

「ありがとうございます！　殿下！」

髪飾りを受け取った私が深々と頭を下げると、レオンが再びどんよりと疲れた瞳でレナートの後ろに立っているライモンドたちを見た。

「本当に……お前たちの苦労を理解した。ああ、身に染みて、な」

レオンにしみじみとそう言われ、ライモンドを始めとした側近たちがその言葉を噛みしめるように何度も頷く。脈絡もなく突然ポエムを詠まされてしまった人々の心の傷は深い。

髪飾りはクライフの住民によって磨かれたのであろう、全く汚れは残っていなかった。しかし、海に流された時にどこかにぶつかったのか、装飾の部分が所々欠けてしまっている。元が丈夫なだけあって手にはめて使う分には問題ないが、髪飾りとして使うことはできない。

お父さんと一生懸命デザインを考えた日々が頭によぎる。

手のひらの上の髪飾りをじっと見つめていたら、レナートが私の肩にそっと手を乗せた。

「それは修理できるものなのだろうか」

「ええ。ムーロ王国の鍛冶屋にこの型が残っているはずよ」

「では、帰ったらすぐに修理に出そう。いくらかかっても構わない。大丈夫、こうしてミミの元にきちんと戻ってきてくれたんだ。必ず元通りになるよ」

レナートはそう言って、私の肩を優しく二回叩いた。彼の空色の瞳の中に、はにかんだ笑みを浮かべる私がいる。単純な私は、レナートの優しさですっかり元気を取り戻していた。

私の様子に安心したレナートが顔を上げ、レオンに向き直る。

「レオン殿下。助かった。君のおかげだ」

眉間にしわを寄せてぶつぶつと文句を言っていたレオンだったが、レナートの言葉にちょっとだけ機嫌を直したようだ。上着の襟をぴっと正すと、大仰に腕を組む。

「ふふん。まあ、私だからこそ達成できたのだが、気にすることはない。今後とも存分に私を頼るイメージでいるとよい」

「あなたには借りができてしまったな。さて、どうやって返したものか」

尊大にふんぞり返るレオンに負けず傲然《ごうぜん》たる様子でレナートがほほ笑んだ。

「……とても借りている態度には見えないが」

レナートをじろりと睨んだレオンが、そうつぶやいた。

＊＊＊＊＊

チリリン。パオリーノの首の鈴が軽やかに鳴った。目の前のソファに座るアイーダも、執務机についていたプラチドも無言のまま目を見開いた。

パオリーノはマリーアの弟テオドリーコが置いていった象のぬいぐるみだ。大きさはアイーダの両手のひらに乗るくらい。首には猫のように鈴のついたリボンを付けている。テオドリーコ曰く、パオリーノはプラチドの護衛の任に就いているらしい。今までも何度か、偶然にも、プラチドを危険から守ってきた。

「風もないのに……鈴が……！」

プラチドの顔がさっと青ざめた。その手から羽ペンがコロリと落ちる。彼のそんな様子には気を留めることなく、アイーダがそっとパオリーノの頭を撫でた。

「きっと、私の足がテーブルに当たってしまったのだわ」

アイーダの独り言にしては大きなつぶやきに少しだけ安心していると、いきなり扉が開いて、プラチドの側近がつかつかと入室してくる。机に頬杖をついていたプラチドが視線を上げた。

「良い知らせだといいんだけどなあ」

「驚かないのですね」

「パオリーノが教えてくれていたからね。何かしら来るだろうな、とは思っていた」

「その何かが不審者だったらどうするのですか。もっと危機感を持ってください」

「だったらちゃんとノックしてから入ってきてよ」

「密偵から報告が届きました」

「聞いてる？」

密偵、と耳にして遠慮し退出しようとするアイーダにプラチドがほほ笑んで目配せする。アイーダがおずおずとソファに座り直した。

マリーアとレナートが海に流され行方不明になったことをすぐに教えなかったせいで、アイーダはさっきまでひどく怒っていたのだ。伝えないつもりはなかったけれど、結果的に二人が見つかってからの報告となってしまった。聞かせられない内容なら、側近が判断するだろう。

「命を狙われているのはレオン殿下たちではなく、レナート殿下でした」

「えっ!?」

プラチドが思わず声を上げた。アイーダも振り返って大きく目を見開いている。アイーダにも聞かせていい話なのか？　これは。そういやこいつはノックもせずに入室してくる奴だった。

「巻き添えを食っているのは、レオン殿下の方だったのです」

無表情な側近の手から書類をひったくる。みるみるプラチドの眉根が寄っていく。

「すぐに兄上に伝令を飛ばして」

＊＊＊＊＊

「アントーニウスが戻って来たそうだ」

部屋に戻ってくるなりレナートが言った。どこか諦観したような表情でするするとクラバットを外す。

クライフから別荘に戻ると、今後の日程の打ち合わせでレナートとライモンドは別室に行ってしまった。その間、私はティートとスザンナ、そして数人の護衛騎士たちと一緒に中庭で簡単な鍛錬をしていた。ひと汗掻いてひとっ風呂浴び、ひと休みしていても、まだレナートは戻らない。何か問題でも起きたのだろうか、と思っていたところだった。

「……戻ってくる前に帝国を出たかったのだが、間に合わなかった。あいつに振り回されるのも面倒なので、予定を早めて明日帝国を出ることにしたよ」

レナートが小さなため息をもらす。私は彼の手からクラバットを受け取り、クローゼットの扉を開けた。さすが皇族所有の別荘なだけあって、軋む音などするはずもない。

「この別荘を手配してくださったのはアントーニウス殿下だもの。挨拶くらいはしなきゃいけないわ」

丁寧にクラバットをクローゼットに仕舞う。タイピンはきちんと箱に入れて引き出しに入れた。こうしないとライモンドに叱られてしまうのだ。

「それにしても、見計らったかのようなタイミングで帰ってきたのね」

「私もそう思ったが、偶然のようだ」

図らずもレオンがクライフの住民の信頼を得て皇太子と認められた、そんな日の夜に。

レナートはシャツの首元のボタンを外し、リラックスした様子でソファに腰掛け伸びをした。

「実は数日前に帰国していたらしいのだが、なんでも未開の地から持ち込んだフルーツや用途の分からない道具の検疫に時間がかかっていたそうだ」

「未開の地……」

「ああ、嫌な予感がするな」

「きっと私たちへのお土産だわ」

馬車に乗る大きさだといいけど。私はそう懸念しながらレナートの隣に座った。レナートが髪をわしわしと掻いてあくびをする。とてもお疲れのようだ。私の視線に気付いたレナートが照れ笑いをした。

「ミミはティートたちと鍛錬していたと聞いたよ。まったく、あなたたちは元気なことだ」

「私たちは子供の頃から鍛えてますからね。ティートたちはムーロ王国に帰ったら、お父さんに再教育されるんですって。私を置いて鳥を捕まえに行ったから……」

「なるほど……それは大変そう、だな」

「きっと厳しいから、私が先に予習をしてあげたの。お父さんがやらせそうなことは大体わかるから」

なぜなら、何度となく私がそれを受けたことがあるからだ。すぐに調子に乗って失敗してしまう私は、その度にお父さんから再教育という名のお仕置きをされていた。たいていは、通常のトレーニングメニューの回数を十倍に増やし、反省と瞑想の時間という名の長距離走だ。自慢じゃないが、お父さんの再教育を受けている回数はぶっちぎりで私がトップなのだ。

「でも、気疲れはしたわ。だって、失くしたと思っていた私の髪飾りがあんなところにあるなんて思ってもみなかったもの」

「ふむ。確かに」

「ええ……、本当に。まさに手も足も出せなかった。今回ばかりは私の完敗だわ。やっぱり間違いない。レオンは私が今まで出会った中で、最強の敵よ」

「ミミ、レオンは敵ではないよ。……味方でもないが」

レナートはそう苦笑いしながら、熱い紅茶の入ったポットに手を伸ばした。

「あ、レナート。お茶なら私が」

「これくらい私だって入れられ」

ガチャン。

ポットの蓋が音を立てて床に転がり落ちる。扉の外に控えていた騎士や侍女たちがあわてて部屋に飛び込んできた。

荷物を運ぶための馬車に、よくわからない不気味な置物や着方の分からない民族衣装が詰め込まれてゆく。どれもアントーニウスからの旅のお土産だ。それらを運ぶ使用人たちを、レナートが渋い顔をして見つめている。

「ほら、レナート。あの置物、よく見たら可愛いかも。キモカワってやつだわ」

「アントーニウスからの嫌がらせに違いない」

「そうだわ！　お土産って言ってイレネオ様に押し付けましょう！」

「それはいいな。見ようによっては芸術的でもあるから、喜ぶかもしれない」

レナートと手をつないで帝城のエントランスへ向かうと、ちょうどアントーニウスとライモンドが話しているところだった。アントーニウスの隣には、黒髪に化粧っ気のない女性が立っている。シャツにエプロンドレスを着ていて、すぐにでも旅に出られそうな動きやすそうな服装だ。私と目が合うと、にっこりと笑った。黙っていると冷たく見えるけれど、笑顔になった時の糸目がとても人懐っこい。

「レナート、マリーア妃。紹介する、これは俺の妻だ」

妻と紹介された女性が美しい礼をする。私も同じように頭を下げた。確かアントーニウスには奥さんが三人いたはず。何人目のご夫人かしら。

「ああ、今は一人しかいないんだ」

「あっ、また」

私は両手で口を押さえた。しまった、また声に出ていた。そんな私を軽く一度鼻で笑い、アントーニウスが話を続ける。

「俺が皇太子を降りたから、政略結婚だった正妃と第三側妃とは離縁したんだ」

「離縁!?」

「ああ。好きにしていいって言ったら、二人は実家に帰って行った。残ったのはこいつだけだ。ずっとおとなしかったんだが、意外と根性があってどんな場所にもついてくる。面白い奴だ」

アントーニウスにそう言われ、夫人は照れくさそうに笑っている。

「アントーニウス。別荘の手配、感謝する。話は変わるが、お前の呪術師は旅に同行しているのか」

「どういたしまして、って、本当に話が変わるな」

アントーニウスは呆れたように片眉を上げた。

「呪術師は旅には同行させてはいない。皇太子を降りた俺には別に必要ない。まあ、元々それほど役に立つ奴らではないし」

「ふむ、……そうか」

レナートがあごに手を置いて軽く首を傾げた。つられてアントーニウスも首を傾げる。

「呪術師に何かされたのか？」

「……それは、まだわからない」

「わからないって何だ」

アントーニウスが顔をしかめるが、レナートはそのまま黙りこくってしまった。

「マリーア様、マリーア様」

私を呼ぶライモンドの声が聞こえて、私はきょろきょろと周りを見回した。私たちを見送りに来た人々がちらほらいるけれど、その中にアンシェリーンの姿はない。レオンは忙しくて来られないかもしれない、とは聞いていたけれど、彼女には最後くらい挨拶をしたかった。ちょっとだけがっかりしながらライモンドを探すと、私たちの乗る馬車のすぐ手前でライモンドがこちらに手を振っている。

「マリーア様、こちらの方があのベストセラー『とある高貴な旅人のメッセージ』の著者なのだそうです！」

興奮した様子のライモンドが小声でそう伝えてきた。ライモンドの隣には、黒髪をきっちりと七三分けにした姿勢のよい男性が立っていた。軍服のボタンを首まできちんと留め、銀縁の牛乳瓶底眼鏡をかけている。私と目が合うと、恭しく深い礼をした。

「マリーア妃殿下、お会いできたこと喜ばしい限りでございます」

「私も会えて嬉しいわ。あの本、とっても読みやすいし、ちょっとした皮肉が小気味よくて面白いわね。それにしても、あのアントーニウスについて旅をするなんて大変ね」

私がそう言うと、七三分けの男性はきゅっときつく口を閉じて眉を下げたものの、すぐに真顔に戻って首を振った。

「皇子殿下の旅に同行できるなんて、光栄の極みです」

そう話していたら、レナートとガブリエーレがやって来た。

「ミミ、勝手に離れてはいけない」

レナートがそっと私の腰のリボンを掴む。

「大丈夫よ。そんなに離れていないし、さすがに帝城の玄関で襲われることなんて」

「ギャア、ギャア」

私がそう言った途端、三羽の鳥が飛んできて、またもや馬車につながれた馬の頭上すれすれをかすめていった。驚いた馬が暴れ出し、御者や厩番があわててそれをなだめている。

「お前たち！　逃げろ！」

アントーニウスの叫び声が聞こえ、咄嗟《とっさ》に私はレナートの前に出た。

「ミミ、下がれ。危ない」

「レナートこそ、危ないわ！　下がって」

驚いた馬たちのいななきに呼応して、荷物を積んだ馬車の馬までもが暴れ出してしまったようだ。制御を失った馬車が、私たちに向かって右往左往しながら走ってきている。

「レナート！　マリーア！　何してる、こっちだ！」

すぐにガブリエーレに連れられ、私たちは建物の陰になった場所へ避難した。他の騎士たちや帝国の兵士たちが、馬車を止めるために走り回っている。一気に騒然となった場に私は茫然とした。

「どうして、また鳥が。ここにはレオンもアンシェリーンもいないのに」

アントーニウスを狙って？　でも、あの鳥はアントーニウスがいない時もやって来た。馬車がこちらへ向かってきたのも、ただの偶然？

わあわあ、と騎士や兵士の声が飛び交っている。レナートが私に何かを言っているけれど、たくさんの人たちが走り回る足音にかき消されてしまう。

「ガブリエーレ、嫌な予感がするわ」

ガブリエーレは既に腰の剣に手をかけている。

これだけの大人数が走り回っているところに矢を放ってくるとは思えない。私はポケットから髪飾りを取り出し、右手に装着した。

私たちの前にいたレナートの護衛騎士がハッと顔を上げた。

「殿下！　妃殿下の後ろへ隠れてください！」

「なぜだ」

レナートが眉根を寄せる。私は前に出てレナートを背にかばう。

「騒ぎに紛れて近付いて来る靴音がいくつかあるわ。レナート、下がって」

「そういうことじゃない。ミミも後ろに下がるんだ」

「私には守る力がある。黙って見てるわけにはいかないわ。レナートはじっとしてて」

「確かに私はじっとしているのは得意だが、今は私に従ってくれ」

「もう近くまで来てる」

背でレナートをぐいと後ろに押し込み、私は身構えた。

「この靴音は」

聞き覚えがある。帝国へ到着した日に聞いた、気配のないままついて来る、あの靴音だ。右後方から聞こえる靴音が走り出した。護衛騎士たちが右を向く。

「違う、こっちだ！」

ガブリエーレが左前方へ飛び出した。短刀を振り上げた男がいる。ガブリエーレは、腰の剣にかけていた手を……そのまま振り上げ、裏拳で敵を殴った。

「剣は!?」

私の声に、吹き飛んだ敵を手早く捕縛しているガブリエーレが顔だけでこちらに振り返る。

「人の多いところでは武器を使うよりも武術を使った方がいいって言ったのはお前だろう」

「さっきまでのカッコいい構えは何だったのよ」

「俺はいつだってカッコいい」

捕縛した敵を他の騎士に任せ、ガブリエーレが肩のほこりを払いながらこちらに帰って来た。

「ガブリエーレ、よくやった」

「ガブさん！　さすがです。お疲れさまでした」

レナートとライモンドがガブリエーレを労う。

「おい、まだ前に出てくるな」

「そうよ、また鳥が来るかもしれないわ」

「ギャーギャー」

「ギャギャギャギャー」

「え」

身を低くして辺りを窺った私の目の前に、両脇に大きな鳥を抱えたティートが立っていた。その背後で、スザンナが長髪で仙人のような容姿をした男性を地面に押さえつけていた。

「お嬢様。鳥、捕まえましたよ。丸焼きにしましょうか。それともやっぱ、ねぎまかな」

「違う、この鳥は煮込んだ出汁がうまいんだ。それから、妃殿下だ。ティート」

「やめてください！　返してください！　それはオイラの可愛いバードちゃんなんですぅ！」

スザンナに取り押さえられている男性が必死に手を伸ばして、そう訴えた。

「この人が鳥を操る呪術師かしら」

「そのようだな……」

呪術師らしき男は先ほどの短剣の敵と同じように縄でぐるぐる巻きにされて連れて行かれた。馬を驚かせた鳥たちがティートの腕の中でシュンとうなだれている。

「ティート、美味しいお肉食べさせてあげるから、その鳥は諦めなさい」

「「ええー」」

ティートとスザンナが声を合わせて残念がった。

「鳥も呪術師もかわいそうじゃない」

「食わせるわけねえだろ。かわいそうも何も、この鳥も調べるに決まってる」

そう言って、ガブリエーレがティートから取り上げた鳥の羽を縛り付けた。ティートから離され、鳥も心なしかホッとしたような顔をしている。

騎士や兵士たちがやっと馬を落ち着かせた頃、くすんだ青色の軍服を着た兵士たちがぞろぞろとやって来た。見たことのない軍服だった。帝城の黒い軍服の兵士たちが道を空け、そこを進んでくるので、まるで大きな川が流れ込んでくるようだ。先頭を歩く背の高い青年が訝《いぶか》しむように周りを見回しながらも、まっすぐに私たちの方へ歩いて来る。

「いったいこれはどういうことだ！」

先頭を歩く青年は肩まで伸ばした銀髪をかき上げ、アントーニウスを睨んだ。アントーニウスもまた、落ち着いた様子で睨み返す。

「エーリク、それはこっちのセリフだ」

これが第二皇子エーリク。サラサラの銀髪で、アントーニウスと同じ灰色の瞳を持っている。

アントーニウスに睨まれてもエーリクは動じる様子を見せることなく、くるりと振り返った。そして、レナートに向かってまっすぐに歩き出す。

「貴殿がレナー……うわっ」

エーリクが声を上げ、きれいな円を描いて宙を舞った。そして、そのまま地面に倒れ込む。

「ミミ、やめるんだ。気持ちは分かるが」

「どんな気持ちだ！」

地面に這いつくばったまま顔を上げたエーリクが叫ぶ。レナートに伸ばしたエーリクの腕を私は咄嗟に摑み、投げ飛ばしたのだ。

「今まで散々私たちを襲っておいて、よくのこのこと出て来れたわね！」

「いったい何の話だ！」

自分の部下たちに支えられながら立ち上がったエーリクは、腰をさすりながらそう叫んだ。

「誰なんだ、この女は」

「エーリク、これがマリーア妃殿下だ」

アントーニウスの声に、エーリクが目を丸くして驚く。

「ばかな！　こんな乱暴な妃殿下がいるか！」

「言っただろう、マリーアはちょっとやそっとじゃ手に負えないぞって」

「素直に乱暴者だ、と言え！」

「誰が乱暴者よ！　何度も卑怯な手を使って襲ってきたくせに！」

詰め寄る私に、エーリクが首を傾げる。

「待て。俺が貴殿らを襲って何になる。しかも、卑怯な手とは何だ」

「姿を消して近付いて来る呪術師と鳥使いの呪術師よ。そんな手で私たちをどうにかしようだなんて、五年くらい早いわ」

「五年でいいのか。わりとすぐだなっ……て、俺の元には呪術師などいない。わけのわからない術など俺は使わん。俺が信用しているものは力だけだ。腕力が全て！　これに尽きる！」

「じゃあ、誰が呪術師を」

腕を振り上げて怒るエーリクに、私は地面と平行になるくらい首を傾げた。どういうこと。じゃあ、ずっと私たちを襲ってきているのは誰だっていうの。

「ミミ。それにはわけがあるんだ。まずは落ち着いてほしい」

「私は落ち着いてるわ」

「先ほどエーリク殿下が手を伸ばしたのは、私と握手しようとしたんだ」

「えっ。レナートに危害を加えようとしたんじゃ」

確かに落ち着いて考えてみれば、エーリクは手を広げてこちらに向けていた。手刀が来るのかと思ったけれど、それにしてはゆっくりだった。もしかして、ただ単に帰国する私たちの見送りにきただけだったのかしら。

「ま、間違えちゃった……」

うっかり第二皇子を投げ飛ばしてしまった。青ざめる私の背をさすりながら、レナートがガブリエーレに目配せした。

「ガブリエーレ、状況は」

「ああ、捕まえたようだ」

「では、行こうか」

レナートの声に頷き、ガブリエーレが先頭に立って私たちを建物の裏へ案内する。

角を曲がるとすぐに、帝国の兵士たちが集まっているのが目に入った。円になった彼らの中心には、縄で縛られた中年の男が地面に転がっている。よく見たら、兵士たちの輪の中に、ベンハミンが交じっていた。私たちに気付いて、被っていたローブのフードを少しだけ上げる。

「やあ。ガブさん。君の言っていた通りだったようだよ」

「だとよ、レナート」

ガブリエーレが後ろに立つレナートにそう促した。静かに一度目を閉じたレナートが、ゆっくりとアントーニウスに視線を移す。

「ミミ。私たちが襲われていたのは、アントーニウスのせいなのだ」

「は!? 俺? 何言ってるんだ」

アントーニウスが驚いて声を上げた。それをじとりと睨んだレナートが、言葉を続ける。

「とある筋からの情報だったのだが、確証がなかったので公にはせずに様子を見ていたのだ」

レナートはそう言うと、ベンハミンの方へちらりと視線をやった。ベンハミンはポケットに両手をつっこんだまま、飄々《ひょうひょう》とこたえた。

「うん。こいつがすぐに白状しましたよ。ブルス家に雇われたって」

「何だって!?」

再びアントーニウスが声を上げる。心底呆れた表情をしたレナートが、そっと私の背中に手をまわした。私が今度はアントーニウスを投げ飛ばすのを懸念しているようだ。

「ブルス家とはお前が離縁した第三側妃の家だな? どうやらお前が皇太子を降りたことを逆恨みして、私を害そうとしたらしい」

「なぜレナートを」

「どうやら私がお前を旅に出るように唆したと思っているらしい。せっかく娘を皇太子に嫁がせたというのに突然放り出され、今更レオンと再婚するわけにもいかず、自棄《やけ》になったようだ」

レナートの話を聞いて、アントーニウスが頭を抱えて大きなため息をついた。

レナートはアントーニウスに「ガイドブックを書いたらどうだ」と言っただけだ。まさかそれを真に受けて皇太子を降りてまで旅に出るだなんて、誰が予想しただろうか。

「じゃあ、その転がってるおじさんが姿を消すことのできる呪術師なのね」

私が指をさすと、捕縛された中年の男がびくりと飛び上がって驚く。その姿を、ベンハミンが冷めた目で見つめた。

「このおっさんは野良呪術師。姿を消すなんて高度なことなんてできない。実際は、靴音を自在に鳴らすことができるだけ」

「靴音だけ？」

「そ。普段は遊園地のお化け屋敷に勤めてるんだって。今は閑散期だから、バイトで雇われたんださ」

私は隣に立つレナートを見上げた。

「レナートはいつから知っていたの？」

私がそう問うと、レナートは少しだけ困ったように眉尻を下げた。

「昨日の打ち合わせの時だ」

レナートがこたえると、ライモンドが静かに頭を下げた。

「とある筋から私の元にそういった情報が入りまして……かと言って証拠もなく騒ぎ立てるわけにもいきませんから。きっと出発前にまたちょっかいをかけてくるだろう、と踏んでおりました。必要最低限の者とだけ情報を共有し、罠をかけさせていただいたのです。どうやら呪術師を使っているようでしたので、有識者としてベンハミンさんにご協力いただきました」

「うん。特別報酬くれるって言うからね」

「かなり足元を見られましたよ、まったく」

「お値打ちだったと思うけどぉ」

悪びれる様子もなく、ベンハミンが満面の笑みを浮かべる。これだけ人がいる中で、皇家所属ではない呪術師を見つけるのは大変だっただろう。でも、ライモンドの顔を見る限り、かなり吹っ掛けられたのだろうことがわかった。

「限られた者だけって……どうして私には教えてくれなかったの？　知ってたらエーリク殿下を投げ飛ばしたりしなかったわ」

今からどんなに取り繕ったって、もう二度と立派な淑女だなんて絶対に思ってもらえないじゃない。涙目の私に摑みかかられ、レナートがあわてて宥《なだ》めにかかる。

「すまなかった。しかし、ミミにはその、独特なクセがあるから」

「そうですよ、思ったこと何でも口にしちゃう方には、内緒話はできませんからね」

ライモンドにとどめを刺され、私はがっくりと肩を落とした。

「だから、レナートはあんなに落ち着いていたのね」

「すまない、ミミ」

レナートはそう言って、私の右手を優しく持ち上げた。

「襲われることを前提としていたが、私はミミだけは守ろうと思っていた。しかし、ミミもまた身を挺して私を守ろうとしてくれた。不謹慎ではあったが、とても感動したよ」

「レナート……」

瞬きもせずに彼が私を優しく見つめている。私は思わず彼の手をぎゅっと握り返した。

返す言葉の見つからない私に、レナートが美しくほほ笑む。

「永遠を誓って　私の愛を　注ぎ続けよう
　翳《かげ》ることのない私の庭に　一輪の菫《すみれ》の花」

そう詠ったレナートが握っていた私の手に軽くキスをした。彼の瞳の中に、菫色の瞳をした私がいる。

「えっ、ええっ？　たたた大変！　レナートにポエミージョの呪いがっ」

「いや、レミージョはここにはいない。ミミはこういうことを言われると、私の事を好きになってしまうのだろう？　だったらいくらでも詠おう」

「え――！　とっくに好きぃ――！」

私の顔はみるみる真っ赤になった。でも、レナートにしっかりと手を押さえられているから隠せない。

「……私には非常に不穏な内容に聞こえましたが」

レナートの背後にいたライモンドが顔色を悪くしてそうつぶやいた。

「即興だから単調になってしまった。囲ってしまおう、私の庭に。の方がよかったかな」

「不穏さを増さないでください」

顔が熱くて仕方のない私には、二人の会話はよく聞こえなかった。

「いやあ、お見事だった」

拍手する音が聞こえ、振り返ると、レオンがゆっくりとこちらに向かって歩いて来ていた。後ろにはアンシェリーン、そしてレミージョを始め呪術師たちを率いている。

「実にポエティック。レナート殿下、すばらしいイメージのポエムであった」

レオンが大きな拍手を送る。その後ろで、アンシェリーンが扇で顔を隠しながら、疲れた顔をしていた。

「ポエティック、ってどういう意味ですか。殿下」

「よく分からないが、まあ、レオンはああいったものが好きなのだろう」

レナートとライモンドの会話が聞こえたらしい、レオンが高らかに笑った。

「ははは。そうだ、私はこういったポエミーなイメージを非常に好むのだ。エモーション、それは心から弾け出る情熱。衝動のままに紡ぎ出した言葉こそ、生命の輝きそのものなのだ。ゆえに、私はそれらを具現化することのできるレミージョを重用しているのだよ」

レオンに褒められ、レミージョが誇らしげに胸を張っている。

「何言ってるのかしら」

　思わず心の声が漏れだした私の口を、素早くレナートの手が押さえる。

「レオン殿下。事情は聞いているだろう。捕縛した犯人たちの処分をお願いできるだろうか」

「ああ。もちろんだ。我が国の者が迷惑をかけて誠に申し訳ないイメージだ。責任をもってこの件に対応すると誓おう」

　レオンが深く頭を下げる。レナートはそれを一瞥すると、ゆっくりと頷いた。

　顔を上げたレオンが、あごに手を置き優雅に首を傾げて言った。

「マリーア妃殿下。ポエムを贈られたのならば、ポエムで返事をするものだろう。妃殿下がポエムにどのようなパッションを乗せて詠うのか、私は待っているのだが」

「えっ、私、作詞の授業はいつも苦手で」

　飛び上がって驚く私の横で、ライモンドの眼鏡がキラリと光る。

「そうですよ。マナーを完璧に極めた愛され淑女であるあなたが、お返事をしないわけがありませんよね。さあさ、どうぞ。妃殿下様」

「私も聞いてみたいな、ミミ」

　レナートまで乗り気になってしまったので、渋々私は口を開いた。

「え、ええっと……コホン。いつも支えてくれてありがとう！　毎日の鍛錬の成果を存分に発揮し、全力でレナートを守ることを誓います！　以上！」

レナートを始め、その場にいる全員がきょとんと目を見開いた。ライモンドの眼鏡がガクッとずれる。

「……選手宣誓ですか？」

「あ、ああ。ありがとう、ミミ。あなたの気持ちは十分伝わったよ。でも、本当に作詞は苦手だったんだね」

そう言って、レナートが苦笑いをした。たっぷりの間を置いて、レオンが拍手する。

「うーん、これまた実にポエティック。妃殿下は初心を忘れることのない、天真爛漫なひよこのイメージだと理解しよう」

レオンの背後でレミージョが感慨深げに何度も頷き、その隣ではメダルドがやはりいつものように不敵に笑っていた。

「結局のところ何でもいいんじゃないですか、あの方」

「うむ、ポジティブにもほどがある」

レナートとライモンドが身を寄せ合い小声で話し合っている横で、恥ずかしさに身をよじっていた私であったが、とあることに気がついた。よく見れば、アントーニウスにエーリク、レオン。そして、アンシェリーンまで揃っているではないか。

「まあ、ごきょうだい全員勢ぞろいね！　皆でお見送りどうもありがとう！」

私の声に、全員が顔を見合わせた。レオンがぱちくりと何度も瞬き、エーリクが気まずそうに口を歪め、アンシェリーンがあわてて扇を開いて顔を隠した。そして、アントーニウスが高らかに笑い声を上げる。

「こうして全員と顔を合わせるのは何年ぶりだろうな！　わっはっはっは。お前たち、大きくなったなあ」

「おい、アントーニウス。俺とお前は同じ年だろう！」

「早く生まれたのは俺の方だ」

「数か月の差だろうが」

「ほほう、精神年齢的には私の方が上のイメージ」

「お前は黙っとけ！」

「アンシェリーン、どこへ行くんだ」

静かにその場から距離を置こうとしているアンシェリーンの腕をアントーニウスが摑む。

「我が妹に乱暴はやめてほしい」

「俺の妹でもある」

「皆様、落ち着いてくださいまし。今日はルビーニ王国の王太子ご夫妻を」

アンシェリーンがしゃべっている途中で、アントーニウスが気まずそうに頭を掻いていたエーリクを振り返った。

「エーリク、お前はもう帝位は諦めたのだろう」

エーリクが顔を引きつらせる。アントーニウスのデリカシーのなさに、アンシェリーンが顔をしかめた。

「……諦めざるを得ない。そもそも、お前がレオンに皇太子の座を譲った時点で、俺にはその道は閉ざされた。しかも、円満にあのクライフを治めたというじゃないか。もう武力の時代ではないんだと思い知らされたんだ。仕方がないから俺は帝国兵団の団長として、この国を支えてやろう」

エーリクはそう言って、さらりと邪魔くさそうな前髪をかき上げた。

アンシェリーンがじっとエーリクの顔を見つめている。扇を持つ手が震えていた。

エーリクの言葉が本当なら、レオンとアンシェリーンはようやく暗殺に怯えることなく暮らしていくことができる。子供の頃はあまり外にも出歩くこともできずに、レオンと二人で部屋の中にいた、と言っていた。

「エーリク兄上のパッションのイメージを理解した。信用しよう」

レオンがあごに手を置いて満足そうに頷いた。その表情は今までとは違って少しだけ幼くて、そして、とても嬉しそうだった。

「マリーア様。わたくしは兄の執務補佐としてまだまだ仕事がありますの。だから、しばらくは国を出ることはできません。だから……その……」

アンシェリーンが口ごもる。その深緑色の瞳にはみるみる涙が溜まって、今にもこぼれ落ちそうだった。皇太子になったばかりのレオンはまだ若く、帝国の情勢が落ち着くにはしばらく時間がかかるだろう。私たちと一緒に楽しく過ごしたような、余裕のある日々が訪れるのはずっと先かもしれない。兄弟間の暗殺の心配はなくなったけれど、どう転ぶかわからない未来に彼女の心は不安でいっぱいに違いない。私はアンシェリーンに飛びつき、ぎゅうう、ときつく抱きしめた。

「大丈夫、また必ず遊びに来るわ。レナートだってきっと許してくれる。許してくれなくても、来ちゃうかも」

「きゃあ！　また！　やめて！　離して！」

アンシェリーンが私の腕の中でジタバタと暴れる。しかし、長年鍛錬してきた私の腕はそれくらいでは開いたりしないのだ。

「言ったでしょう。アンノヴァアッツィ家では泣いている女の子はこうしてなぐさめるのよ」

私はそう言って、片手でアンシェリーンの頭を撫でた。

「二度もこんな屈辱を！　わたくし、泣いてなんておりませんわ。ぐずっ」

そう強がりつつも鼻をぐずつかせたアンシェリーンは、やっとおとなしくなった。

「マリーア様、またお手紙書きますわね」

「ありがとう！　楽しみに待ってるわ」

帝城のエントランスに、さわやかな風が吹いた。私とアンシェリーンの髪が同じ方向に揺れ、見送りに来た兵士たちが目を細める。

抱き合って別れを惜しんでいた私たちの上に影が差した。

「ほう……レディをなぐさめるにはそうするのか。これはよいイメージだと理解した」

私たちの顔を至近距離で覗き込むようにして、レオンが一人納得している。

「うわっ、近っ」

「ちょ、マリーア様！　余計なことをお兄様に教えないでくださいまし！」

「アンシェリーン、さあおいで。なぐさめてあげよう」

「ひぃ、何言ってますの。わたくし泣いてなんておりませんわ」

「さあ、遠慮せずに兄の元へ」

「おやめになってーお兄様ー！」

「ははは。待ちなさい、妹よ」

ドンと私を突き飛ばし、アンシェリーンが走って逃げた。それを追うレオン。

「アンシェリーン殿下が追い付かれるのも時間の問題ね」

「こればかりは皇女に同情するよ」

レナートがそうつぶやき、そっと私の肩を抱いた。

「ごきょうだい揃っての見送りに感謝する。世話になった」

レナートがそう礼を言って馬車に乗り込んだ。私は窓に顔を押し付けてアンシェリーンに手を振った。彼女は閉じた扇を両手で握りしめ、泣くのを堪えている。その隣で、笑顔のレオンがそわそわとしていた。

ゆっくりと馬車が動き出し、窓の景色が揺れた。

「どうしてレオンはあんなにアンシェリーンのことを可愛がるようになったのかしら」

席についた私は、隣に座るレナートに尋ねた。

「さあ。でも、良いことではないか。仲が良いというのは」

「あれは仲が良いって言っていいのかしら」

首を傾げる私に、向かいの席に座っているライモンドが笑みをこぼす。

「レオン殿下の距離のつめ方が唐突すぎなのだと思いますよ。……おや？」

窓の外に何かを見つけたライモンドが、あわてて窓を開けた。

「ライモンド様！　ライモンド様ぁー」

そこには、アントーニウスの側近が走って馬車を追ってくる姿があった。アントーニウスの旅のガイドブックを書いている、七三分けの彼だ。

「ライモンド様ー！　来月、ガイドブックの番外編である『とある高貴な旅人のレシピ』が発売になりまーす！」

「発売おめでとーございまーす」

「各国の郷土料理のレシピ本でーす」

七三分けの彼はしっかりと新刊の宣伝をした後、どんどん遠くなっていった。ライモンドが落ち着いた様子で窓を閉める。

「何だったの、今の」

「せっかくなので一冊買って、厨房に置いておきましょう」

ライモンドはそう言うと、手帳を開いて予定を書き込んだ。

広い街道に出た馬車がスピードを上げる。頬杖をついたレナートが、目を細めて窓の外を見やった。見慣れた景色も今日で見納め。

「ああ、やっと帰ることができる。一騒動あるだろう、とは思っていたが、やはり疲れたな」

レナートの大きなため息が静かな車内に響いた。

＊＊＊＊＊

「殿下、ミミから手紙が届きました」

品よくスカートをさばいて、アイーダがプラチドの執務室に入ってきた。

「そのようだね。母上にも届いたらしくて、朝から上機嫌だったよ」

羽ペンを置いたプラチドが立ち上がり、ソファに腰掛けたアイーダの隣に寄り添うようにして座った。側近たちがごく自然な様子で席を外す。すぐに紅茶とお菓子が運ばれ、執務室には穏やかな休憩のひとときが訪れた。

「ふふ。ムーロ王国で楽しく過ごしているようですわ」

「僕のところには兄上からの手紙が届いていたよ」

「あら、ではご存知だったのね」

「いや。頼まれていた仕事の進捗を尋ねられたのと、今後の帰国予定だけだよ。相変わらず真面目でそっけない。兄上らしいけどね。あと、一緒にテオドリーコの手紙も同封されていた」

プラチドが引き出しから取り出した封筒を開いた。画用紙に描かれているのは、ぐちゃぐちゃの黒い丸と紺色の四角と赤いぐるぐるだ。

「毎日ミミちゃんと弟子たちが総当たり戦をして鍛錬しているらしい」

プラチドが画用紙の紺色を指でなぞった。

「ええ。そのようですわ」

アイーダはそう言うと、すっくと立ち上がり大きく足を開いて両手を腰にあてた。そして、眉を吊り上げ勇ましく叫んだ。

「もちろん、初日から全勝無敗！　今でもやっぱり一番強いのは、この私よ！　……って、手紙に書いてあったわ。うふふ、どう？　似てたかしら」

すぐに足を閉じて慎ましやかにソファに座ったアイーダが、恥ずかしそうに頬を赤く染めながらほほ笑んだ。驚いたプラチドの手が当たったに違いない、パオリーノがころりと横向きに転んだ。

「あはは……あははっ、そっくり！　ミミちゃんにそっくりだったよ！　アイーダ。さすが親戚なだけあるなあ。見た目だけじゃなく、立ち姿が、もう、ははは、そっくりで……あはははは」

ソファに突っ伏してプラチドが笑い転げる。頬を赤くしたままのアイーダもまた、嬉しそうに笑った。

マリーアの真似をするアイーダも新鮮だったけど、こうして頬を染めてはにかむアイーダはとても愛らしい。顔を上げたプラチドは愛しい妻の姿を眺めた。そんな視線に気付いたアイーダがあわてて澄ました淑女の表情に戻る。

「実際には親戚というにはとても遠いのだけれど……年齢が近いせいかしらね。見た目はよく似ているって言われていたの。でも、ミミの真似をしたのは初めてよ」

「母上に見せたら喜ぶよ、きっと」

「まさか！　殿下にしか見せませんわ」

「そんなこと言わずに。父上も兄上も喜ぶだろうし。あー、早く帰って来ないかなあ。いろいろあったみたいだから、お土産話楽しみだなあ」

「そうですわね。そろそろあの賑やかさが恋しくなってきましたわね」

「僕たちも行っちゃう？　ムーロ王国」

プラチドの何気ない軽口に、アイーダが大きく瞬いた。

「まあ、楽しそう」

「兄上たちの別荘借りちゃおうか」

「あっ、でも、テオがさっそく塀を壊したそうですよ」

「ええー、塀って一体何をしたら壊れるの」

アイーダとプラチドの笑い声が重なる。実は壁際に控えていた護衛騎士と侍女が、仲の良い二人の会話に顔を見合わせて笑いをこらえていた。

＊＊＊＊＊

私たちを乗せた馬車は、森を抜けてすぐの小さな公園に停まっていた。山から流れるきれいな小川で馬たちが水を飲んでいる。木陰に敷物を広げて座った私たちも、お昼ご飯を食べながら休憩中だ。

ムーロ王国に新しく買ったばかりのレナートの別荘は、こぢんまりとしているけれど、新築のようにきれいにリフォームされていて快適だった。十五分ほど歩いたところにはライモンドのための別荘も建っている。レナートがセットで買ったのだ。ライモンドに休んでもらうための別荘だったのに、結局のところは何かと理由をつけて毎日私たちのところへやって来ていた。

私は毎朝、実家の弟子たちの朝練に参加し、その後はレナートとのんびりムーロ王国の観光をして歩いた。弟のテオドリーコも遊びに来たし、姉たちとも会ったし、楽しい日々を過ごした。

そして、今は帰国の途に就いている。先ほど国境を越え、ルビーニ王国へ入ったところだ。もう少し進めば、大きな街道に出るので馬車のスピードを上げ、一気に王城へ帰る予定だ。

「やっぱり帰れると思ったら急にお城が恋しくなってきたわ」

木陰に敷いた敷物に寝転がり、伸びをしながら私はつぶやいた。一緒に旅行していた護衛騎士や侍女たちものびのびとしつつ、ため息をついた。彼らも移動ばかりで疲れていることだろう。帰ったらしっかりと休暇を取ってもらおう。

二度も護衛対象である私から離れたティートとスザンナは、父からたっぷりと叱られた。かなり厳しい特訓をされたはずなのに、もうケロッとしてもりもりとご飯を食べている。まあ、そのタフさと明るさで私の護衛に選ばれたのだけれど。

「建物や木、植物も見慣れた風景になってくると、やはりホッとしますねえ」

ライモンドはそう言い、ゆっくりと紅茶を味わっている。先ほど国境を越えてすぐのところに建っていた店で買った紅茶だ。慣れ親しんだ茶葉の味にめずらしく気が緩んでいるようで、眼鏡が曇っているのにも気付いていていない。

「ムーロ王国は群を抜いて治安が良いから、安心して出歩くことができた。バルトロメイ殿下がロバで街中を闊歩したくなる気持ちがよく分かったよ」

「確かにレナートとのんびりしたロバの相性は良さそうね」

レナートと私の会話にライモンドが相槌を打つ。

「常に内戦や暗殺の起こっている帝国を訪れたばかりでしたからね。ムーロ王国の治安の良さが身に沁《し》みました」

「そうね。住んでいた時はあれが普通だったけど、いざ離れてみるとあんなに安全な国はないわね。というか、帝国に比べればどの国も安全なんじゃないかしら……あら？　誰か来るわ」

近付いて来る数人の足音がして、寝転んでいた私はすぐに起き上がった。のんびりしていた騎士たちも顔を上げる。

「おいおい、見ろよ。お貴族様たちがのん気に茶ぁ飲んでるぞ」

「これはこれは優雅なことで」

「荷物は全部置いて行ってもらおうか。その高級そうな服も脱げ」

私も含め、騎士たちは揃って口を開けポカーンとした。よく見れば、彼らは手にナイフを持っている。騎士たちの姿が見えないのだろうか。しかも真っ赤な制服を着た、王族を守る近衛騎士だ。

そんな小さなナイフで勝てるとでも思っているのだろうか。

「もしかして、外国から流れてきたばかりの追い剝ぎなのかしら」

「そうかもしれないね。王家の紋の入った馬車にも気付かないようだから」

首を傾げる私にレナートが返事をする。落ち着いた様子で座っていたガブリエーレが、よっこらしょ、とようやっと立ち上がった。

「今まであの程度の脅しでうまく行っていたんだろ」

「追い剝ぎなんてそうそう出ないものね。この辺りの人たちが慣れていないのも仕方がないわ」

私もガブリエーレと一緒に立ち上がった。

「いいわ。私が行ってちょちょいっと捕まえてくるから。皆は休んでいてちょうだい」

「バカか。お前こそ座ってろ」

「いいから、いいから。腹ごなしにちょうどいいわ」

「ミミ、ガブリエーレの言う通りだ。あなたが行く必要はない」

そう言って、レナートが私の腰のリボンを摑んだ。そのまま引っ張られ、私はすとんと座り直す。

気付けば、追い剝ぎたちはとっくに騎士たちに捕縛されていた。結局のところ、ガブリエーレも立ち上がっただけで、また座り直している。

「ああ、ルビーニ王国もまた平和ねえ。帰ってきたーって感じがするわ」

「追い剝ぎと出会って言う言葉ではありませんよ、まったく……」

そう言うライモンドもまた、落ち着いた様子で外した眼鏡を眼鏡拭きでキュッキュと磨いていた。

王城到着はもう目前。


「陛下ー！　マリーアです！　失礼しま――す！」

警護している騎士よりも先に自分で扉を開け、私は国王陛下の執務室に飛び込んだ。

さすが陛下の執務室はとても広い。部屋の一番奥に大きくて豪華な机があり、驚いた表情の陛下がいた。

「あ、ああ。おかえり。ミミちゃん」

「ただいまです、陛下！」

「あの、えっと、妻には会いに行ったのかな？」

「一番最初に報告に上がるのは、一番偉い方と実家で修行中に習いました。新婚旅行に行かせていただき誠にありがとうございました。大変楽しい日々を送らせていただきました」

私は胸に手をあて、床に片膝をついた。そして、あれ？　何か違うなって思った。すぐに立ち上がって、スカートを持ち上げて膝を折る。

「あっ、待って、待って。おい、早く王妃を呼んで来るんだ。まっ先に会ったのが私だなんて知れたら、あの人めっちゃ落ち込むから！　早く！」

横に立っていた陛下の側近が、あわてて部屋を飛び出して行った。

私たちは昨日の夜中に王城に到着した。追い剝ぎを捕らえたり、ナヴァーロ村でおしゃべりしていたら、すっかり予定が狂ってしまったのだ。だから、誰にも挨拶しないまま、こっそり裏口から帰ってきた。一晩ゆっくり休み、朝練を終え、私は両手にお土産を抱えてこうして陛下の元へやって来た。

「せ、せめて、レナートと一緒に来てくれれば」

「レナートは、プラチド殿下から仕事の引継ぎがあって忙しいらしいので、先に私が報告に来まし

ちゃう」

た。お土産たっくさん買ってきましたよ。帝国ではアントーニウス殿下からも持たされました」

「だからちょっと待って！　今、王妃が来るから！　待って待って！　先に見たら焼きもち焼かれちゃう」

「ほら、これすっごく面白い動きをするからくり仕立てのキーホルダー！　鞄に入れるには大きすぎるってレナートに言われたんですけど、どうしても諦めきれなくて買っちゃったんです。ほら、見て、見て！　おとうさん！　あっ、違った。……陛下」

ガチャガチャとからくりを動かしながら私がペロッと舌を出すと、陛下がぽかんとした表情を浮かべた。そして、嬉しそうに頬を掻いて笑った。

「違わないよ。うむ、おとうさんか。新鮮な響きだなぁ。娘ができたのだと実感したよ」

陛下がそう言ってほほ笑んだ直後、バターン！　と床に何かが倒れる音がした。あわてて振り返ったら、王妃様が涙を流しながら床に突っ伏している。

「王妃様！　どうしたんですか！」

私は倒れ込んだ王妃様の肩に手をかけた。すると、王妃様は私の手をぎゅっと握って「感無量よ」とつぶやいた。

「これまであまり接してこなかった陛下の事を、お義父《とう》さん、と呼ぶ、尊い瞬間に立ち会えたこと、一生の宝として心に刻みましたわ」

具合が悪いわけでも、機嫌が悪いわけでもないらしい。王妃様は私の手を支えにゆっくりと立ち上がった。すぐさま侍女が来て、メイクを直す。

「王妃様！　おはようございます！　無事、旅行から帰りました」

「お帰りなさい、ミミちゃん。あなたの帰りを心から待ち望んでいました、本当に」

王妃様が私をぎゅうぎゅうと抱きしめた。私の帰りをこんなにも喜んでくれるなんて。嬉しくって、私も抱きしめ返した。

「うっ、苦し……、いえ、大丈夫。さあ、たくさん話を聞かせてちょうだい」

「あ、でも、お土産話はレナートと一緒の方がいいですか？」

「いいのよ、あの子はわたくしたちにはそっけないから。きっと事務的に必要最低限の報告をするだけだわ。だから、聞かせてちょうだい。面白おかしい、ミミちゃんとレナートの新婚旅行のお話を！　さあ！」

王妃様が両手を広げてそう叫んだ。いつの間にか、テーブルには熱々の紅茶が三つ並んでいた。焼きたてのパンケーキまで用意され、陛下の侍従が上品な仕草でメープルシロップをかけている。ふわりと甘い香りが部屋に充満した。

「ははは、私の分もあるのか。これは断るわけにはいかない、そうだろう？　あ、私のにはシロップはいらないぞ」

陛下がそう言って、王妃様を呼んできた側近に笑いかけた。側近がしぶしぶ頷く。

王妃様の隣に陛下が腰掛けた。サービス、とばかりに、私は助走をつけて走り、二人の座るソフアを飛び越え、向かいのソファにストンと着地した。王妃様が悲鳴を上げて喜ぶ。やって良かった。

「ええと、まずどこの国から話をしましょうか」

私はおもむろにパンケーキを頬張り、そう尋ねた。スンとした表情で王妃様が扇を広げた。

「ミミちゃん、何を言っているのかしら。最初っからに決まっているでしょう」

新婚旅行について行きたいのを我慢したのですから当然です、と王妃様は続けた。私は頬張ったパンケーキを紅茶で流し込む。

「では、まずはですね。出発日の前日の夜から話しますね」

「そこから!?」

陛下が叫んだ。


「……と、いうわけです。きっとすぐにアンシェリーン殿下から手紙が届くはずです。レオン殿下に構い倒されて困ってるってね」

私は最終的には立ち上がり、身振り手振りを交え、時には道中使った武術の型を実際に見せながら旅の話をした。ソファやテーブルは部屋の隅へ追いやられ、王妃様は安楽椅子の特等席で笑い転げている。陛下はとっくに執務机について仕事を再開しながら私の話を聞いていた。

「ああ、ミミちゃんのお話は本当に楽しかったわ。ありがとう」

「いえ、皆さんもご協力ありがとう」

ソファやテーブルを元の位置に戻している騎士や侍女たちに私は頭を下げた。皆、笑顔で首を横に振ってくれる。

王妃様が安楽椅子を揺らしながら目を閉じた。

「レナートもきっと楽しい毎日を過ごしたことでしょう。良かったわ」

王妃様はそうつぶやくと、ゆっくりと起き上がり姿勢を正した。

「二人が行方不明になったと聞いた時は、生きた心地がしなかったわ。でも、わたくしは必ず無事に戻って来ると信じていましたよ。だって、ミミちゃんが一緒なんですもの。これからも、レナートの事をよろしくお願いしますね」

「王妃様……。こちらこそ、よろしくお願いします」

私がぎゅん、と九十度に頭を下げると、王妃様が涙を拭いながら笑った。いつのまにか陛下が王妃様の隣に立っていて、そっとハンカチを手渡した。

「うちの息子たちは幸せ者だねえ。いや、私たちも、か。良い娘ができた」

「ええ……本当ですわね。ふふっ、ミミちゃんの話を思い出したらまた可笑《おか》しくなってしまいましたわ」

「……泣き笑いだったのか」

「はあぁ、無人島で熊に会ったと思ったらマッキオだった、というくだりが、もう、もう、何度思い出しても……うふふふ、あははははは」

陛下から渡されたハンカチで何度も涙を拭い、王妃様がお腹を抱えて笑い始めた。思い出し笑いしてくれるほど楽しんでもらえて良かった。私は達成感に打ち震えた。

笑いすぎて、はあ、はあ、と息を切らした王妃様が、ひじ掛けに摑まりながら、なんとか身を起こした。

「そうそう、ミミちゃん。あなたたちが旅行に行っている間に、アイーダちゃんといろいろと話し合ったのよ」

「へえ。何をですか？」

「ミミちゃんの誕生日をどうやって祝おうかって。わたくしとレナートは、国民の祝日にしたかったのですが、それはなかなか難しくって」

「そうでしょうねえ……」

アイーダはちゃんと私のお願いを聞いてくれたようだ。陛下も深く頷いているので、もしかしたら一緒に阻止してくれたのかもしれない。

「それで、結局のところ、ミミちゃんの誕生日は――」

高く澄んだ青空に白い雲がたくさん浮かんでいる。

王都の中心街にはたくさんの屋台が立ち並び、呼び込みの声と客たちの声でにぎわっていた。母親に手を引かれた子供が向こうに見える公園を指さしている。

「――皆さん、おはようございます」

壇上に登った王妃様の声が運動場に響き渡った。

王国立公園内の運動場には、各自思い思いの動きやすい服装をした人々がひしめき合っていた。中には仮装した人もちらほらいる。皆、わくわくした表情を浮かべて王妃様の挨拶に耳を傾けていた。

「ご覧の通り清々しいほどの快晴の下、皆さんと一緒に今日という日を楽しむことができるのを大変嬉しく思います。さあ、今までの練習の成果を発揮する時ですよ。くれぐれもケガのないよう、全力で挑んでくださいさい。観覧の方たちにも温かい声援を望みます。それでは、第一回王国主催大運動会、スタート！　ですわ」

一斉に、うおぉ――！　と歓声が上がった。

結果として、私の誕生日は祝日とはならず、国を挙げての大運動会を開催することとなった。主会場はこの王国立公園内の運動場。あとは、各地の大きめの公園でそれぞれの長《おさ》が取り仕切って運動会を開催する。

通りに出店を並べる許可を出したら、周辺諸国からも商人が集まった。その中にはもちろんサバラ商会のニコラスも名を連ねている。私の結婚式で大花火を上げた彼は、今やルビーニ王国内でもその名を知らぬ者はいないほどの有名人となっていた。この大会にも多額の出資をしているので、今日は賓客席でマリリン夫人と並んで優雅に見学をしている。

王妃様に呼ばれ、私は胸を張って壇上に登り、右手を挙げた。

「選手宣誓！　私たちルビーニ王国民は、正々堂々ルールを守り一生懸命戦うことを誓います。皆、私の誕生日を祝ってくれてありがとう。どっからでもかかってきなさい！　絶対に負けないんだから！」

私の宣誓に、たくさんの歓声と拍手、そして笑い声が上がった。


――王城の一室。

マリーアとレナートが新婚旅行で不在の間、アイーダは王妃に呼び出されていた。

どうしてもマリーアの誕生日を国民の祝日としたい王妃が、目の前に積まれたたくさんの書物をすごい速さでめくっている。どうにかそれっぽい理由をつけて大臣たちを説得したいのだ。

現在は、国王陛下の誕生日だけが祝日となっている。それを、可愛い義娘だから、という理由で陛下と同じように祝日にすることなどできるはずがない。アイーダは何としてでもこれを阻止しなければならなかった。マリーアに頼まれているからだけではない。このままでは、そのうちアイーダの誕生日も祝日にすると言い出すに決まっているからだ。肝の据わったマリーアなら笑って済ますことができるだろうが、繊細なアイーダにはそんなことは無理だ。ただの王子妃の誕生日を国を挙げて祝ってもらうなんて、荷が重すぎる。

「王妃様。ミミとも話し合ったのですが、やはり私たちは王族ですので、国民全員が喜び楽しめるようなことをすべきなのではないでしょうか」

「あら、祝日はあったらあっただけ嬉しいものだと聞いてますよ」

「ま、まあ、そうですけど」

「王妃様の誕生日が祝日ではないのに、王太子妃の誕生日を祝日にすることは難しいと思います」

「わたくしの誕生日を祝うくらいならば、民に……。そう、……そうね。ミミちゃんもアイーダちゃんも同じ気持ちなのね。確かに、二人は自分を優先するようなタイプじゃないわ。だからこそ、わたくしが率先して、と思ったのだけれど……二人の気持ちを考えていなかったわ。ごめんなさい」

王妃はページをめくる手を止め、静かに本を閉じた。アイーダは優しくほほ笑んで首を横に振る。

ほら、やっぱり。いつの間にかミミと私の誕生日を祝う話になってた。危なかったわ。

「とはいえ、わたくしはせっかくできた娘を見せびらかしたい。あわよくば、皆にうらやましがられたいのです」

「王妃様、心の声がものすごく漏れていますわ」

「やだ、わたくしもミミちゃんに似てきたのかしら」

王妃は赤くなった頬を嬉しそうに両手で押さえた。

「ごきげんよう、アイーダちゃんはこちらかな」

扉をノックする音が聞こえたと思ったら、許可してもいないのに勝手にイレネオが部屋に入ってきた。今日もまたひらひらのたくさんついた派手な服装に身を包み、長い髪をたなびかせてさっそうと歩いて来た。

「ちぇっ、王妃様もいたのか」

「イレネオ。何しに来たのですか、今すぐ出て行きなさい」

「そんな冷たいこと言わずに。かぐわしい花の香りに誘われて、気付いたらここにたどり着いたんですよ。本日もおキレイですね、王妃様」

「あなたさっき舌打ちしていたでしょう」

眉をひそめる王妃を気にする様子もなく、イレネオはアイーダの隣に腰掛けた。

「アイーダちゃんもキレイだよ。昨日会った時よりも、今日の方が美しい。結婚してから、さらに美人に磨きがかかってきたね。その美しさ、もっと近くで愛でたいな。これから一緒に王都のカフェでお茶しない？　プラチドには内緒にしておくからさ」

「結構です。イレネオ様」

「誰か、プラチドを呼んで来てちょうだい」

王妃が手を叩いて侍従を呼ぼうとしたのをイレネオは慌てて止めた。

「ひ、ひどくない？　二人とも。なんでそんなに塩対応なの」

涙ぐむイレネオに、アイーダと王妃が顔を見合わせ同時にため息をつく。おそるおそる近付いてきた王妃の侍従が、イレネオの前にそっと紅茶を置いて去って行った。悲しそうに眉を下げたイレネオが、それをくぴくぴと飲む。

「イレネオ様……では、相談に乗っていただけます？」

背を丸めて落ち込むイレネオに同情したアイーダが、優しく声をかけた。

「もちろん！　俺に分かることなら、何でも力になるよ」

「アイーダちゃん、騙されてはだめよ。この子はこういう姑息な手を使うのよ」

カッと目を見開いて怒る王妃の形相に、「この子って」とつぶやきつつも、さすがにイレネオは気まずそうな顔をして姿勢を正した。二人のやり取りに笑ってしまいそうなのをこらえ、淑女の笑みを浮かべたアイーダがイレネオにマリーアの誕生日をどう祝うかを相談した。

先ほどまでの悲しそうな様子はどこへ行ったのか、イレネオがゲラゲラと笑い始めた。

「ただの王太子妃の誕生日を祝日になんて無理でしょ。気持ちは分かるけどさ、説得できるほどの理由がないよ。俺だったら……そうだね、徒競走とか騎馬戦とかやるかな。ミミちゃんはそういう体育会系の盛り上がりを喜ぶでしょ。範囲を広げて庶民も参加オーケーとかにしたら、もっと喜びそう」

イレネオのアイデアに、アイーダと王妃はぱちりと瞬いた。確かに、騎馬戦で張り切るマリーアの姿が目に浮かぶようだ。

「それは、良いかもしれません」

アイーダがそうつぶやくと、イレネオが足を組み替え大げさに両手を広げた。

「じゃあ、アイーダちゃんの誕生日は、楽器の発表会にしようか。アイーダちゃんのピアノ演奏の腕は一流だからね。あっ、ついでに絵画や彫刻の展示もしようよ。俺のお抱えの芸術家の作品を並べたいな」

イレネオはスラスラとそう提案すると、優雅な仕草で紅茶を一口飲んだ。

王妃はあごに手を置いて、ううん、と唸った。そして、ぱしりと一度、膝を叩く。

「イレネオ。あなたの素行は非常によくありませんが、世の中を冷静に見る目は確かです。その案、採用いたしましょう」

「褒められてるんだよねえ!?」

「もちろんよ。初めて国の役に立ちましたね、イレネオ」

「ええっと、喜んでいいのかな」

イレネオの言葉には返事をせずに、王妃がスラスラと書類にペンを走らせた。最後に自分のサインを認《したた》め、侍従に渡す。

「ミミちゃんの誕生日は王家主催の大運動会。アイーダちゃんの誕生日は王家主催の大文化祭。これで決まりです！」

これが、アイーダから説明された、私たちの誕生日祝いの結末だ。王家主催で国を挙げて行うイベント。祝日とあまり変わりがない気もするけれど、庶民も貴族も楽しめるように様々な場所、種目を用意した。運動が得意ではない人は運動会は観客として応援。その代わりに、文化祭では活躍できるように。どちらも得意でないのなら、食べ歩きやショッピングを楽しめるように屋台の許可を出した。まさに国民総出のお祭りだ。

協力してくれたのは、ニコラスたちだけではない。帝国からは呪術師イルーヴァ様が天気図を読み、運動に適した日程を提言してくれたのだ。だから、正確に言うと今日は私の誕生日当日ではない。これから毎年、私の誕生日近くの天気の良い日が大運動会となるのだ。

しかも、第一回である記念すべき今日はスペシャルゲストもいる。

着慣れたアンノヴァッツィ家の制服に身を包んだ私は入念なストレッチを終え、ゆっくりと立ち上がる。そして、向こうの方から勇ましく歩いて来る人影を睨んだ。

青色の軍服を着た数人の厳めしい兵士を引きつれ、こちらにやって来るのは帝国の第二皇子エーリクだ。招待状を出したら、『運動で私に挑もうなど笑止千万、首を洗って待っていろ』と速達で返事が届いたのだ。やはり拳で語り合う《話せばわかる》ことのできる人は話が早い。

『まさかミミが一番仲良くなるのがエーリクだとは思わなかった』

エーリクからの返信を手に、レナートがそうつぶやいていた。

背の高いエーリクは目の前まで来ると、腕を組んで私を見下ろす。私は腰に手をあて胸を張って見返した。

「正々堂々と戦いましょう」

「無論。だが、私が負けるわけはないがな」

私とエーリクが同時に、頭の鉢巻きをギュッと締めた。

「記念すべき第一種目は！　本日の主役マリーア妃殿下と、主賓であるサンデルス帝国エーリク皇子、それから五歳以上十歳未満の元気なちびっこの皆さんによる、徒競走です」

司会の大きな声が会場に響き渡り、大きな歓声が上がった。

「誰が相手だろうと、私はいつだって全力。負けないわ」

「私も同じだ。マリーア妃殿下、悪いが手加減はしない」

「望むところよ」

私とエーリクだけが身を低くして地面に手を突く。子供たちの楽しそうな声がいっそう大きくなった。

「皆ー、位置についてー」

スタートの掛け声は、プラチドだ。手を振る子供たちに、ニコニコと笑顔でこたえている。

私はぐっと前に身を乗り出し、ぎりぎりまで前傾姿勢を取った。視線はずっと先のゴールを見据える。

プラチドは賓客席にいるアイーダに手を振っている。観客たちが微笑ましくその様子を眺めている。いつスタートは切られるのかしら。私の腕がちょっとだけ痛くなってきた時。

「よーい、ドン」

プラチドののん気なスタートの掛け声が上がった。さすが兄弟。タイミングが微妙なところがレナートと同じだ。

一瞬だけ早くエーリクがスタートダッシュを切る。後れを取ってしまったけれど、大丈夫、すぐに追いつける。私は大きく腕を振り上げ、エーリクの背を追った。

私たちを応援する大きな歓声が運動場に広がる。

エーリクはその後、大運動会に毎年参加してくれる気さくで元気な皇子様としてルビーニ王国で有名人となったのだった。

あとがき

　この度は「逃がした魚は大きかったが釣りあげた魚が大きすぎた件」四巻をお手に取っていただきありがとうございます。作者のももよ万葉です。四巻でいきなり「はじめまして」の方はあまりいらっしゃらないと思いますが、いないこともないと思うので、ざっくりと今までのあらすじを説明しますね。

　訳あって実家の跡取りから外れたマリーアこと通称ミミは、婚活のため隣国へ留学中でした。しかし、王太子レナートから婚約もしていないのに婚約破棄されてしまうのです。そこからさまざまなトラブルをドカーン、ズバーッと解決し、結局レナートと婚約することになりました。二巻では帝国から敵なのか味方なのか分からない人たちが訪れ、そこでも起きたトラブルをドカーン、ズバーッと解決しました。三巻ではとうとうミミとレナートの結婚式です。当然、二人の式が滞りなく進むはずもなく、とどのつまりはドカーン、ズバーッと解決しました。

　そして、この四巻はミミとレナートの新婚旅行がメインのお話となっております。ご安心ください。やっぱり最後はドカーン、ズバーッと解決します。

四巻の見どころは、帝国のレオン殿下。初めは次期皇帝の座争いで劣勢だった彼が、水面下の攻防の末とうとう皇太子となりました。

悩みに悩んだレオンのキャラ。別に好きなわけじゃないけれど、ちょこちょこ登場してほしい。そんな人になるように願って書きました。どうか皆様もミミたち同様にレオン殿下のことも推していただけると嬉しいです。

そういう私にも、とある推しキャラクターがいます。

その推しのグッズがほしいがために、とうとうガチャガチャにまで手を伸ばしてしまいました。小さな子供が楽しむものだと今まで見向きもしなかったのですが、きちんと向き合ってみるとその種類の豊富さに驚きます。どこに需要が？　というものから、持ってるとちょっと便利なグッズまで。

今年は何度か東京に行く機会があったのですが、大型ガチャガチャコーナーのある場所を事前に調べて馳せ参じるほどハマっています。しかし、その大型店に私の推しのガチャガチャがない。ない。ない。なぜだ。人気がないのか？　それとも人気がありすぎて売り切れているのか？　散々いろいろな店舗をまわった結果、自宅近くのスーパーの隅っこで発見しました。幸福というのは案外身近なところにある。それを気付かせてくれたガチャガチャありがとう。もっと目立つところにあれ。

そんな推しのガチャガチャが、現在、某回転寿司チェーンに置かれています。

ドリンクとサイドメニューのフードのセットを頼むと、ガチャガチャを回すことのできるコインを一枚貰うことができます。コイン一枚で一回まわせるのですが、種類は五種類、うち一つはシークレット。最低でも五回はそのセットを頼まなければなりません。

結果的には六回まわし、得たのは二種類。なぜだ。もしかしてここのガチャガチャ、二種類しか入ってないいんじゃないの？　田舎だから？　ここが日本の北の端だからなの？　回転寿司に来て私はなぜフライドポテトをむさぼっているの？　いったい何杯のメロンソーダを飲んだらシークレットが手に入ると言うのー!?　ハッ！　すみません、取り乱してしまいました。

どうか皆様、私が全種類コンプできるようにパワーを送ってください。

それでは、最後に謝辞を。

今回もイラストを担当してくださった三登いつき先生。今回もありがとうございます。私、知ってるんですよ。本当はルビーニ王国に行ったことあるんでしょう？　実際に見てきて描いてくれてるんですよね。

ノリの良い担当編集様。読んで笑ってくれるかなって思いながら書いてます。ご尽力いただいたチーム逃げ釣りのたくさんの皆様。本当にいつもありがとうございます。

ながと牡蠣先生はじめ、コミカライズチームの皆様もありがとうございます。コラボ楽しいですね！

そして、逃げ釣りがここまで続いているのはほんとにほんとに読者の皆様のおかげです。

よく食べよく眠り、明るく健康で元気な毎日が皆様のもとへ訪れますように。

あとがき

イラスト担当の三登です。
逃げ釣り4巻をご購入頂き有難うございます！

今回は新婚旅行回ということで
真冬真っ只中にボサノバを大音量で流しつつ
バカンス絵を描いていました。

自分は暑さにめっぽう弱いんですが
レオンはよくあんなガチガチの貴族スタイルで
南の島に来られますよね…
それとも実は汗ダラダラ流しながら
気丈にふるまっているんでしょうか…

今回もハラハラでドキドキの物語を
書いてくださったももよ万葉先生、
スケジュール調整などで
滅茶苦茶お世話になっている担当のOさん、
華麗な作画でコミックス版を
盛り上げて下さっている牡蠣先生＆Nさん、
ここまで読んでくださった読者の皆さん

いつも応援有難うございます！
これからも逃げ釣りをよろしくお願いいたします！

漫画《まんが》：ながと牡蠣《かき》
今日《きょう》はバレンタインデー
ルビー二王国《おうこく》でも恋人《こいびと》たちの甘《あま》ーいイベントが行《おこな》われています
ノベル4巻《かん》×コミックス5巻《かん》同時発売記念《どうじはつばいきねん》
描《か》き下《お》ろし漫画《まんが》
じゃあ僕《ぼく》たちはこれで
ミミもこれから参《まい》りますので
ケーキは皆様《みなさま》でお食《た》べくださいね
私の手作りです
ああ私《わたし》たちの分《ぶん》までありがとう
今日《きょう》は休《やす》みにして二人《ふたり》でゆっくり過《す》ごすといい
ややだなあ兄上《あにうえ》ったら…
かぁ〜…
でもお言葉《ことば》に甘《あま》えさせてもらうよ
てれっ
もう！行《い》きますよプラチド殿下《でんか》！

バタン…
…プラチドの奴《やつ》ニヤけすぎだ
仕方《しかた》ないですよ
王族《おうぞく》は婚約者《こんやくしゃ》からのチョコレートしか受《う》け取《と》れない決《き》まりです
…今年《ことし》は初《はじ》めての本命《ほんめい》チョコレートなのですから
それもそうだな
ミミはどんなチョコレートをくれるのだろう
…確《たし》かに
アイツって料理《りょうり》とか出来《でき》るのか?

とんでもねえゲテモノを持《も》ってくるんじゃねえだろうな…
レナートへ♡
プス…
プス…
いえ マリーア様《さま》も器用《きよう》な一面《いちめん》があるかもしれません
…ただ奇抜《きばつ》なアイデアをお持《も》ちの方《かた》なので…
普通《ふつう》の形《かたち》はしてなそうですよね…
ダンベル型とか…
ははは！
ミミならどれもありえるな
…でも彼女《かのじょ》なら

私《わたし》たちの予想《よそう》を飛《と》び越《こ》えた
素敵《すてき》な事《こと》をしてくれるはずだよ
タタ
タッ
レナートっ
お待《ま》たせしてしまってごめんなさいっ！
◆続《つづ》きはコミックス５巻収録《かんしゅうろく》の書《か》き下《お》ろしノベルで♥
END…♡

SQEXノベル

逃がした魚は大きかったが
釣りあげた魚が大きすぎた件　4

著者
ももよ万葉
イラストレーター
三登いつき

2024年2月7日　初版発行

発行人
松浦克義
発行所
株式会社スクウェア・エニックス
〒160-8430
東京都新宿区新宿6-27-30　新宿イーストサイドスクエア
（お問い合わせ）スクウェア・エニックス　サポートセンター
https://sqex.to/PUB

印刷所
図書印刷株式会社
担当編集
大友摩希子
装幀
冨永尚弘（木村デザイン・ラボ）

ISBN978-4-7575-9043-4 C0093　Printed in Japan